U0579275

［京都］

日本的城市里，我偏爱京都。

京都的一年四季中，

我偏爱不冷不热的四月份。

找家老店坐下来，

喝茶、写日记、翻杂志。

朋友问我，在京都最适合做什么？

我想了半天，说，什么都不做，

放放空就很舒服。

［圣诞］

第一次主理家里的圣诞餐桌，

手忙脚乱也乐在其中。

去花市买了新鲜的洋牡丹，

早早学习了烤火鸡的配方，

还自作主张在其中加了蜂蜜和橙子。

至于饭后，

当然是人手一杯热巧克力，

还有每年平安夜都要温习的《真爱至上》。

[花]

每个礼拜一的傍晚，

我都会给自己买一束花。

刚带回家时每朵都是鲜活的，

后来它们的呼吸就慢了下来，

开始脱水，

似乎也了解自己的生命即将停摆。

[美术馆]

整个 2017 年，最让我着迷的建筑，

是藏在北京郊外的松美术馆。

这里曾是废弃的跑马场，

现在被种上 199 棵松树，

白房子里收纳着梵高和毕加索的画作。

［泳池］

春天的时候，

飞了六个小时去新加坡提前过夏天。

我最懊恼的事是没有生在热带，

总希望炎热的日子可以永不结束。

最好午觉一醒来就能跳进泳池里，

到太阳彻底下山了再上岸，

甩一甩头上的水，走路回家。

[天津]

我喜欢这里

旧旧的房子，

和人始终

不是很多的街道。

［太阳底下］

我喜欢橙汁一样浓郁的太阳光。

找个海滩躺下，

把自己想象成一块

需要料酒和胡椒粉来揉搓腌渍的牛肉，

每隔俩小时抹一层防晒油，

直到全身涂上均匀发亮的焦糖色才满意。

[悬崖日出]

在巴厘岛住了个蛮有意思的酒店，

它建在悬崖上，

有一半在地平线以下。

早上都不用出房间，

就能拥抱一整面的日出。

这些都是称得上浪漫的片刻

谢宁远·著

00:00

08:16

江苏凤凰文艺出版社
JIANGSU PHOENIX LITERATURE AND
ART PUBLISHING, LTD.

图书在版编目（CIP）数据

这些都是称得上浪漫的片刻 / 谢宁远著 . -- 南京：
江苏凤凰文艺出版社 , 2018.6
ISBN 978-7-5594-2073-2

Ⅰ . ①这… Ⅱ . ①谢… Ⅲ . ①随笔－作品集－中国－
当代 Ⅳ . ① I267.1

中国版本图书馆 CIP 数据核字 (2018) 第 100275 号

书　　　名	这些都是称得上浪漫的片刻
作　　　者	谢宁远
出 版 统 筹	万丽丽
选 题 策 划	天麦开卷
责 任 编 辑	姚　丽
特 约 编 辑	苗露露
责 任 监 制	李　响
封 面 设 计	格 · 创研社
发　　　行	江苏凤凰文艺出版社
经　　　销	北京有容书邦文化传媒有限公司 010-56421373
出版社地址	南京市中央路 165 号，邮编：210009
出版社网址	http://www.jswenyi.com
印　　　刷	环球东方（北京）印务有限公司
开　　　本	880×1230 毫米　1/32
印　　　张	7.5
字　　　数	120 千字
版　　　次	2018 年 6 月第 1 版　2018 年 6 月第 1 次印刷
标 准 书 号	ISBN 978-7-5594-2073-2
定　　　价	39.80 元

影视版权抢订热线　186-1242-4245
江苏凤凰文艺版图书凡印刷、装订错误可随时向承印厂调换

并非只有和恋人在一起才能制造出好时光，

只要是和有意思的人在一起的时间，就都是乏味生命里

称得上浪漫的片刻。

　　如果在你毫无防备的时候，忽然要你凭借第一感觉条理清晰地讲出最近一个礼拜中让你觉得浪漫的五件事，你可以做到吗？反正我是觉得这没什么难的。

　　比如，看完伊莎贝尔·于佩尔主演的电影《纪念》，我就迷上了里面的一首插曲《Joli Garçon》，连跑步的时候都在一遍一遍地循环播放，我最喜欢的是歌名，"Joli Garçon"翻译过来差不多是"漂亮男孩"的意思。

　　比如，上周二天气特别晴朗，我和好朋友一起去划船、喂天鹅，在因为反光而格外刺眼的河面上，我第一次如此近地看到那么多漂亮的黑天鹅挤在一起。

比如，昨天我一个人在家照着食谱烤苹果派，凭着想象往里面加了点儿蜂蜜，成品的卖相虽然不太好，看上去歪歪扭扭的，但切开来却酥酥脆脆的，浸透了黄油的苹果馅儿也很湿润，味道相当不错。

比如，早晨醒来时我收到了 Gucci 的新款香水，灰粉色的漆瓷瓶摸起来有一种旧旧的使用感，喷了一下，有茉莉、晚香玉、使君子的味道，我大概又要爱不释手好一阵子了。

比如，周末去逛店时，我如愿挑到了一件质地很好的开襟毛衫，穿在身上，有一种得到了一个拥抱似的踏实感。

　　你看，这些信手拈来的片段，都是琐碎之事，拿过来写在日记里都嫌太过平淡，而在我这里，却统统都可以纳入浪漫的范畴。面对一个想要留住的人，不是只有说"我爱你"才算得上是浪漫，你也可以说"我想和你在暖和的草地上躺一躺，整个过程什么话都不用讲"。甚至连红玫瑰都不是浪漫的权威化身，曼哈顿什么样的高级花店都有，但《电子情书》里的汤姆·汉克斯送给梅格·瑞恩的，偏偏就是路过跳蚤市场（欧美等西方国家对旧货地摊市场的别称）时买的一小束白色雏菊。

　　再往远了一点儿看，并非只有和恋人在一起才能制造出好时光，只要是和有意思的人在一起的时间，就都是乏味生命里称得上浪漫的片刻。值得一提的是，这个有意思的人，甚至可以是我们自己。这大概就是我在这本书里想要表达的东西吧。

书的前半部分，是我在《Madame Figro 费加罗》做中国版人物记者的一年里写过的一些优质专访。真正好的对谈，永远是在两个人打了照面说了第一句话的时候，我就可以感觉得到的。这大概有些像桂纶镁说的那样，她在拍电影的时候，都不必看监视器，说出台词的当下，就已经知道自己完成得如何了。

书的另一半内容，则是我和我朋友们的故事。虽然我习惯于避重就轻，但多少也交代出了一些你我心底都有的爱和恐惧。

感情时有时无，但浪漫从未消亡。放手去爱的时候，我们毫无保留，但关上门一个人待着的时候，也可以给自己点一支香氛蜡烛，再喝一点点酒嘛。

这是我写的第五本书，谢谢所有人。

谢宁远

2017 年 11 月 26 日

目录
contents

—
Part 2

—

不雅
男孩

Part 1

录　音　机

周冬雨

有趣是一种能力

周冬雨以谋女郎的身份出道，

《山楂树之恋》里朴实天真的静秋，

是她在大银幕上最初的样子。

如果把角色比作一匹马的话，

短短几年，

身形仍旧娇小的周冬雨，

已经把手中那根缰绳把控得更为游刃有余了。

"特别丑的和特别美的，都很特别。像你这种一般丑的，就很一般。"这是电影《喜欢你》中金城武饰演的路晋对周冬雨饰演的少女厨师顾胜男的评价。

没错，这次周冬雨演了一个身材和性格都没有太大吸引力的女生——胸前一马平川，爱情履历一片空白，身体里潜藏着渴望自由的本能，却暂时还没弄明白什么才是真正的自由，她仅有的财富大概就是那肆无忌惮飞扬着的青春了。

这似乎已成为了一条定律：颠倒众生的角色和曲折动荡的故事，对女演员来说都只是一场入门考试，借助它们得以成长后，这些女演员会继续往前走，用一个普通的荧幕人物来证明自己的演技。

如果你在看《七月与安生》时就已经发现，这位 1992 年出生的姑娘自带敏锐的感受力，能够在镜头里把青春的疼痛和快感都描摹得相当清晰逼真，那么在这部裹着食物的外壳讲爱情故事的新片里，你恐怕会加倍爱她。穿一条波西米亚风的裙子，配一双没什么女性气质的登山靴，再牵一只年老色衰的牛头梗，高兴时眼睛眯成一条缝，整排牙齿明晃晃地亮出来，喝醉了就在老洋房屋顶的瓦片上跳舞，然后一头栽下去。这个角色延续了安生身上的那种无拘无束的自在和血性,但又没那么锐利伤人,像个在城市里过着粗粝的游牧生活的少女,浑身上下散发出来的冲突感正是她的迷人之处。

如果把角色比作一匹马的话,那么在这短短的几年时间里,身形仍旧娇小的周冬雨已经把她手中那根缰绳把控得更为游刃有余了。她说:"我演戏离不开两样东西,一是想象力,二是生活经历。我不喜欢把自己禁锢在某个状态里面,总希望能多尝试几种表演方式。演之前我也会看着剧本琢磨一下如何表现这个人物,但计划赶不上变化嘛,有时候拍戏时我脑袋里又会冒出些别的想法来,所以做我的对手演员还是蛮辛苦的,他们常常不知道我下一句要说什么。"

根据观察,独自傻乐几秒钟是周冬雨同学答完每一个问题的标配动作。

"食欲和物欲二选一,你对哪一个更没有抵抗力?"

"肯定是食欲啊,它太强大了,我再怎么样也抵抗不了作为人的本能呀。"

面对这样一部不宜空腹观看的电影，聊起吃这个话题自然是在所难免的，周冬雨毫无包袱地承认了自己对食物的热衷，同时也进一步主动坦白道："虽然为了把厨师这个角色演得像模像样，我在拍摄期间专门去学过做菜，但在平时的生活中，我对食物的兴趣基本专注在吃上面哈哈哈。"

她非常可爱地用"挺意外的"四个字来形容她对搭档金城武的第一印象，"小时候买印着他的照片的挂历时，我可从来没想过有一天竟然可以见到活生生的他，还和他演了对手戏！反正我觉得我们俩之间挺有火花的。"

在电影之外他是她崇拜的前辈和偶像，而在电影里大叔与萝莉之间的年龄差同样是男女主角感情线中一个很微妙的元素，周冬雨反倒觉得年龄差并不是一段感情的障碍，"爱情里没有什么天生的障碍，只有不喜欢才是最大的障碍。"

当我让她选择一种颜色来代表她现阶段对爱情的理解时，她不假思索地将票投给了白色："因为白色是吸收了红橙黄绿青蓝紫七种颜色的光才反射出来的颜色，我想要拥有的爱情就是这样多姿多彩的，有无限可能才好玩儿。"

周冬雨以谋女郎的身份出道，《山楂树之恋》中天真朴实的静秋是她在大银幕上给大家留下的最初印象，而随后数年她像是打开了一个神秘的开关似的，塑造的角色大多给人一种颇具张力的神经质的感觉，包括最近那部由她和张一山主演的《春风十里不如你》中那个活得很飒的小红。当被问及这个开关是如何打开的时候，她自己也忍不住笑了："慢慢放飞吧，可能经验渐渐多了，在表演上就会松弛很多，不像刚开始那么紧张了，也会根据自己的想法，逐步往角色里加一些我自己的东西。"

不少人赞许她颇有周迅早年那股敢爱敢恨、勇字当头的灵气劲儿，她落落大方地半开玩笑道："个人觉得，我跟周迅老师之间，至少还差了十个周冬雨，她是真的演得出色，我也会继续努力的。能跟我这么喜欢的演员同一个姓，还是挺有缘的。"

最后，这位年轻的影后用两个信手拈来的冷笑话告诉我们：有趣真的是一种能力，很多人还需要多加学习。

"在开始一项需要出国很长时间的工作之前，你一定会随身携带的私人物品是什么？"

"护照。"

"推荐一个你时常会看的，并且有意思的自媒体账号呗。"

"周冬雨微博，非常有意思。"

杨幂

我自倾杯,他人随意

我问杨幂,

如果有一天你不红了,你会有多失落?

她表现得比我豁达得多,她说:

"只要当女演员就一定会有这一天,我无条件地接受,

《菩提达摩传》里有句话我特别喜欢,

也很适合用在这里:得失从缘,心无增减。"

"要说最能确切地表达我现在的感受的一句话，就是：有了软肋，同时也有了铠甲。"在和我分享有女儿之后心理上的细微变化时，她不是穿着新季时装在机场大厅一闪而过的杨幂，也不是在电视剧《三生三世十里桃花》中尝尽爱憎别离的白浅，而是一个想起女儿时会不自觉地微笑，说话的声音也随之变得软糯的母亲。

硬要说她与其他的年轻妈妈的不同之处，大概就是她不仅要呵护女儿，还要走到外面去面对记者、竞争对手、工作伙伴、歌迷影迷。这迫使她拿出强大的意志力去维护与镇守，因此体力不支也是常事。

采访开始前，她闲聊似的讲起自己最近发烧的事情，让她比较意外的是，以前生病都会很快好起来，这次却没有。或许是怕我断章取义地写出来，让关心她的人担忧，她又口吻轻松地补了半句："不过在坚持吃药，应该也快好了。"

很早以前，很多人在大小银幕中看到这个脸上写着一股拼劲儿的女孩子时，都会皱着眉断言她是一颗"流星"。不会红太久的人并不在少数，但在数年之后，自言不爱争辩也不爱抗争的杨幂，却再一次用事实证明，她的高人气并非是偶然——要比蹿红速度和话题度，纵观这一两年，似乎真的没有哪部电视剧，可以和刚刚播完的《三生三世十里桃花》一较高下。

"现在我渐渐觉得，生性不敏感其实挺好的，要是很敏感的话，我可能早就被外界的各种声音击垮了吧！"一直被认为心理很强大的杨幂，如此坦白地告诉我，"说句实话，我很少有真正脆弱的时候，无论什么事情，听听喜欢的音乐，睡一觉，就消化掉了。"

值得一提的是，这样一个被众多奢侈品牌捧在手心的宠儿，手机歌单里竟多半是清寡舒心的佛教音乐。若非亲眼所见，我大概会觉得这又是公关团队绞尽脑汁一手策划的。

在这一点上，杨幂似乎印证了一条著名的吸引力法则：男人也好，女人也好，当你毫不刻意地活成了一个丰富而多层次的矛盾体时，自然会通身沐浴着饱满迷人的光泽。

如她所言，成名后的这些年里，迎面碰上的种种难处并非是毫无意义的吃苦，至少让她习惯了自己解决很多事。"有时间和机会，肯定也爱和女生朋友们一起喝酒聊天，但我对她们没有太大的依赖，也不会刻意去维护友谊。任何感情，都是顺其自然的好，你来我张开双手拥抱你，你走我也不必强求。腻在一起也好，平平淡淡的也好，那只是相处模式罢了，由我们彼此一起决定。能与我成为多年老友的人，一定和我有个共同点，那就是内心足够强大。"

在这个数据为王的"流量时代"，既深受流量的宠爱，又时常需要与流量带来的负面作用交锋的杨幂，一直在以局外人的姿态看待这一切。她说："讲究流量的时代，好处就是信息非常多，也非常丰富。以前你会觉得自己这辈子可选择的太少，无论是看一本书，还是走一条路，但凡是你想尝试的，就要以时间为代价。至于如今这个时代，不能说全是好处，当然也有坏处，那就是什么都太快，环境也太嘈杂，想抓住一些真正精致的东西实在很难，要用心去鉴别才行。"

于是我顺势问她，现在最怀念过去的一点是什么，她大概还沉浸在这次的病为何好得如此慢的疑惑里，因此并未讲出什么具有文艺气息的人与事，反倒回答得有些可爱："以前身体比现在好，这算吗？"

"好多人说你是流量担当，你在意这种措辞吗？"

"我站在聚光灯下，大家关注我身上的方方面面，本来就无可厚非，但是我的工作是拍戏，而非制造流量，所以这些顺应流量而生的新闻，看看就好，如果走心了就显得有些多余，更不要让它影响到生活，无论是我的生活，还是你们的生活。"

因为担心产生误会，我在进入正题前小心地强调了"纯属假设"的大前提，"假设，未来有一天你的人气消失了，你会有多失落？作为一位红得如日中天的女演员，你会经常害怕失去现在拥有的这些东西吗？"

然而，当事人表现得比我豁达太多，"这个压根儿不需要假设啊，既然选择了当女演员，就一定会有这一天的，这本身就是个顺其自然的过程，我可以无条件地接受，《菩提达摩传》里有句话我特别喜欢，也很适合用在这里：得失从缘，心无增减。"

谈起当理想和工作规划有分歧时她所做的判断与衡量，有一瞬间我提早从她身上看见了大青衣才有的内敛光泽，"我会再等等。我不是一个特别喜欢抗争的人，如果分歧很大，极有可能是时机未到，那么不着急，看看情况再判断。"

让性格各异的女演员们凭借她们对自身的了解，把自己比作一种植物，是我做采访时的一个保留环节，从她们的回答中你多少可以窥见她们的自我认知。杨幂给我的答案，在其中显得有些特别。"我应该是野草吧，无论春夏秋冬，都随性而肆意地生长，置身于任何一种环境中，生命力都很顽强。"

"可以分享一个这些年来你始终都没有实现的理想吗？"最后，我这样问杨幂。

她没有思考太久，似乎这于她而言并不是什么难以回答的问题，她也没有搬出一副戒备森严的模样，而是用一种格外温和的声音，稳稳地回道："还是希望能拿一个专业的奖项吧。"

心心念念想要一件东西也好，想成为一种人也好，实没实现是一码事，能在追逐的途中不加掩饰地讲出来，本身就是一种大无畏。

　　我自倾杯，他人随意，这是杨幂身上让人无法不爱她的特质。

穿天鹅绒西装的
年轻诗人
黄轩

一束顶光打在楼梯间上，

年轻的黄轩身穿一件天鹅绒西装，

头发微卷，周身都是暗光，

像极了一位内心空间异常辽阔的诗人。

他说，曾经令他困惑的东西渐渐不再让他感到困惑，

从男孩成为男人的过程，

让他更像个男孩了。

晚上，他只和自己独处。洗完澡，开一瓶酒，倒两杯，一边晾着双脚，一边缓慢且专心地喝。房间里放一些电影原声最好，不太吵的电子乐也可以，这时他通常只做一件事：坐着，以旁观者的身份，看他自己脑中又有什么念头像闲云一样飘过。

这是黄轩向我形容的他拍完戏之后在酒店里度过的寻常的夜生活。"我现在喝红酒最多，它不那么烈，也不像啤酒有那么多的水分，可以让我很快就得到放松，喝得适量的话，还有助于睡眠。"

"这种气氛下饮酒，应该很难喝醉吧？"

"现在确实不太会了。我以前喝醉的情况比较多，我是那种醉了不肯睡觉，话还变得很多的人。"他眼里似乎闪过一些零星的过往，因为不知道其中是否有关于他个人的历史，外人如我当然无法确切地捕捉，只能瞧见一个朦胧的轮廓，"那时喝多了也会有争执，甚至伤害过别人，但现在已经不会再那样了。"走向平静似乎是一个人心理成长的标志，你我都被涵盖其中。

照黄轩自己的话来说，他已经基本完成了对自己的梳理，曾经令他困惑的已经不再让他感到困惑，整个人愈发通透。

和黄轩合作过电影《推拿》的娄烨导演，曾形容他是个简单可爱的大男孩。几年过去了，当被问及他从男孩成为男人的蜕变目前完成了多少时，他的答案稍有些出人意料，"现在我的孩子气越来越重了，过去的我反而比较像老人。我对别人更直接了，对自己也更真挚了，开心就开心，不开心也不掩饰。听起来也许有点儿矛盾，但想想还挺有意思的，你从一个男孩成为一个男人，而这个过程让你更像一个男孩了。"

"为什么过去的你反而像个老人？"

他停顿下来，想了想说："因为没有现在这么自信吧。小孩的自信来自哪儿？家庭。这种后盾在我身上从来都很薄弱。我是通过慢慢长大，找到了自己的生活方式，选对了和世界相处的方式，有了我立足的地方，才发现原来自己也能活出一个不错的模样。"

这些已经尘埃落定的经历，难以用好坏去做划分，黄轩把它们叫做内心资源。一路成长过来遇到的不顺，让他的内心积聚了许多别人没有的感受，使他很早就有了细腻和敏感这两种对演员来说很重要的特质。他说："只要你有过类似的体验，在遇上角色的时候，导演给你一讲，你马上就会有情绪的连接。作为年轻演员，我的内心资源算很丰富的。"

听得出来，这个曾在一群人里有些游离的安静男孩，是真的自信了。

得知他最近在陈凯歌的新作《妖猫传》中扮演的角色是白居易，相信许多人的反应和我是一样的：他终于演了一位诗人。痴狂、天真、浪漫、抒情，甚至略带一些小的神经质，如果拿起一面放大镜，这些特质就可以一一在黄轩身上搜查到。

白居易无疑是诗词历史中不可或缺的人物，但同时这个角色又很新鲜，以前几乎没有人演绎过。黄轩说："诗人和我们现在所谓的艺术家是同类，包括拍电影的，都是对自己所做的事很狂热，有极度的自我表达欲望的。我骨子里是有这种情怀的，成不了诗人，通过工作去演一位诗人，也算是实现理想的一小步。"

黄轩是幸运的，轮番和娄烨、许鞍华、陈凯歌三位大导演合作，他甚至感觉进《妖猫传》的剧组，就像是背着书包上学堂。开拍前，他问陈凯歌导演自己需要准备什么，导演表示他的外形和性情本来就有白居易的感觉，需要准备的无非就是看看书，离那个时代更近一些，于是将王国维的《人间词话》和王实甫的《西厢记》推荐给他，让他从文字里感受当时的人的内心状态。

聊到了书，我试探性地说："看你在大银幕上的气质，你应该是习惯在睡前读书的那一类男人。"

"其实我喜欢在早上起来读书。现在爱看的都是些偏灵修和哲学的书，需要思考力，我在片场拍了一天的戏，收工后已经相当疲惫了，睡前还是比较适合放空。"说着，他顺道透露自己最近在读的书是《人间是剧场》。

他非常清醒。演文艺片出身的他这两年开始演一些热门作品，更倾向于主流了，他说这是自己的意愿，"商业片有很好的商业片，文艺片也有烂透了的文艺片。在我这里，电影只有好坏之分。"至于他选择角色时的偏好，并没有什么具体的职业和设定，但始终都是选择心里的空间很大，自我矛盾力很强的那一种角色。比如电影《推拿》中的小马，这样的人物因为生理状态很特别，所以内心状态也是特别的，这很吸引他。而说起未来的愿望，我提了一个词——戏骨，他当即就摇了摇头，像识破了我似的，"戏骨本身就是个标签，我倒希望有一天可以成为我自己欣赏的那种演员。"

聊到家和旅行这两个他喜欢的话题，他的语气中明显有了些喜悦。

他自己的家以白色为主调，家具他喜欢有些古朴味道的，却又很抗拒雕花和镶边的元素，"我不喜欢修饰，总觉得简单的就是高级的，比如一个木桌，我就喜欢它本来的颜色，本来的样子。"他家里存放最多的东西是茶，他每年都要收一些喜欢的茶叶。这个季节他喝普洱茶最多，也喝茶性柔和的六堡茶，夏天就喝些红茶，或者是高山乌龙茶。

去过的地方中，他偏爱西班牙、瑞士和斯里兰卡，比较原始的柬埔寨和老挝他也喜欢，"那里的人没有接触过特别多工业化的东西，从那里可以看到这个世界本来的样子。"

因为知道有陪伴就一定会有迁就，所以多数时候，他都是一个人旅行，这是他跟自己亲近的方式。"为什么不能跟自己度假？路上所有的选择都和自己商量，遇到的所有惊喜，也都和自己庆祝。"他也承认他出发前的功课一向都做得非常潦草，甚至不做，他要的正是那种不确定性，那种不确定性给了他走出去的激情，"我绝对不会提前订旅馆，因为不想早早地就知道我会住哪儿，住多久。"

到一座城市，黄轩最先做的事情总是去买博物馆的通票，比如卢浮宫，他每隔一段日子就会乐此不疲地进去逛一逛。但除了送朋友的，他很少给自己买纪念品，使劲儿回想之后才交代："只有一次在跳蚤市场，我淘了挺多手工艺品，它们都很小，是一些十九世纪的小碟子、铜烛台，还有胸章。"说完又忍不住补了句，"当然逛画廊的时候我很爱买那些衍生品，比如那些一比一复刻的画。"

看年龄和外貌，黄轩应该被归作是青春偶像，但如他一样真正具有表演力的演员，又多少都对这个词敬而远之。他本人倒不在意，温和地笑道："我应该也算吧，有人喜欢你，你也算是对他们的生命产生了一些影响，不是吗？"所以该如何定义黄轩，我并不清楚，只知道访谈过去了很多天，我脑中还不断回放着两个小情景。

一是他给所有人带了热饮，怕有人不喝咖啡，他便左手提着一袋美式咖啡，右手提着一袋无咖啡因的红茶拿铁。我进了他的化妆间，他默默地跟我挥了挥手算是打招呼，然后要求在专访的时候关掉吹风机，大家都出去，只留我和他坐在沙发的两端。

二是在拍摄过程中，摄影师尹超说他的五官比上次见面时更上镜了，他笑了笑，承认自己瘦了些。一束顶光打在楼梯间上，他身穿一件天鹅绒西装，头发微卷，周身都是暗光，像极了一位年轻帅气、内心空间异常辽阔的诗人。

额外问答：

Q：长途飞行的时间会做些什么？

A：看书，喝酒，睡觉。

Q：如果用三个词形容你自己，你会用……

A：安静，孩子气，孤独。

Q：你算是时髦的男人吗？

A：按照时装的标准来衡量，我可能不及格吧。但我认为的时髦其实是体面，对自己没有足够的认识，才会过度地装饰自己的气质。你是什么人，你有什么样的思想，这是最重要的。

Q：喜欢的导演有哪些？

A：迈克尔·哈内克挺好的，他是宝刀未老。偏商业一点儿的，我喜欢克林特·伊斯特伍德，还有吉姆·贾木许。我喜欢的一个演员西恩·潘，他执导过一部电影《荒野生存》，我也非常喜欢。

Q：推荐几部让你难忘的电影。

A：《荒野生存》《孩子》《一次别离》《梦之安魂曲》《伊甸园之东》，这几部都是我今年还在重温的。

Q：女人什么时候在你眼里是性感的？

A：做饭或者在户外旅行时吧。就比如她在那种不是女孩该出现的地方，像是荒凉的无人区啊，破破烂烂的长途火车上啊，背着一只大旅行包的这种女孩，我会想和她聊天，问她为什么而来。我是拥有两个极端的人，要么非常安静地宅在家里，要么就去很远的地方旅行。我欣赏的也是这样的女孩。

春夏

小小的一片云啊，

慢慢地走过来

一部现实题材的港产片《踏血寻梅》，

让这张新到无人认识的面孔，

一下子站上了金像影后的领奖台。

春夏说她的悲观只用于多愁善感，

现在她可以姿态轻盈地哼着

"小小的一片云啊，慢慢地走过来"，

还可以神情自若地告诉你：

我喜欢现在的一切，我想演到我生命的最后一天。

我见到春夏时,她留着一头上世纪 90 年代末《欲望都市》里专栏女作家 Carrie Bradshaw 式的蓬松大卷发,走起路来会微微浮动,年轻而有风情。干燥的冬日里,她整个人的质地很像一瓶透明的汽水,冒着鲜活的汽泡,不论是声音还是动作,都比初为金像奖影后那阵子要舒展得多。

坦白说,一座奖杯并没有让春夏这张新面孔变得有多出众,在网络上搜索她的名字,你还是会看见许多时装秀、流行色、大牌代购的内容。"我根本没有走在街上被认出来的困扰,即便雾霾天我也不戴口罩。"正当我以为这位少女要继续阐明某种主义时,她适时而有趣地补上了后半句:"因为耳朵会勒得很疼。"

我问她有什么迫不及待想告诉我的,她抛出两个字:习武。

为了拍徐浩峰导演的武侠片《刀背藏身》,她有一个月的时间都住在密林遮天的山里,每天早上六点出晨功。其实从头到尾她不过只有一场打戏,习武完全是为了和日日坚持的这种"难"迎面对视,她强调她很喜欢这种难。

电影杀青之后，她在微博上写过，她已经把自己能给的都掏给青青这个角色了：她在精神上超前于民国女孩，热衷于打破规律。演她真是既快乐又痛苦，那时我刚拿了奖，特别想像她一样从深处推翻自己一次。别人越是在你身上付诸很多期待，你越是想要跳出这些期待。什么样的东西最容易被接受，什么样的演法讨人喜欢，我都清楚，但我想走出安全区，尝试自己不惯用的新东西。

春夏说，她到底还是做到了。

她和徐浩峰有过一次大的分歧。某一场戏她心里已经想好要用"静"的法子演，但导演在开机前却告诉她要号啕大哭地去演，她心里不服气，却还是照做了，之后她才明白导演是对的。"我自己最舒服的演法，不一定真的对人物最好。打破我心里固有的顺序，异于我当下对人和世的理解，也恰恰就是我的内心被打破的开始，这个过程让我知道原来我是可以改变的，在别人看不见的地方我有了进步，我很开心。"

对比她在成名作《踏血寻梅》里饰演的那个生活底色晦暗的内地移民少女，春夏想都不用想地表示，拍摄《刀背藏身》的过程要难得多。"《踏血寻梅》对我来说其实从来都不难，我放了很多感情进去，但没有被角色影响，反而是我在牵动角色。而《刀背藏身》的难，是你要开始承认一个事实：活着，就是要被不断地推翻。"

面对接踵而来的片约，她更看重那种"边走边看，不期而遇"的感觉。她对爱情的态度也是一样。"我从不为恋爱做什么准备。在我毫无准备的时候，它一下子撞到了我，再扶我起来，这样才是最好的。"

至于为什么极少在时尚派对上露面，也不趁热打铁去参加真人秀节目，她解释得也算诚恳可爱："电影是一种设计好的艺术，我在片场里很放松，在电影里我能感到自己是有价值的。而参加活动是你自己闯入大家的视野，让人们去随意捕捉，你要给人们一个漂亮的观感。至于真人秀，目前我敞开自己的生活还不足以带给别人欢乐，或者让人感到温暖，那是很好的天赋和职业技能，我暂时还不具备，我面对人还会紧张，那我就先把自己的事情做好吧。"

如她所言，人本该把好的一面拿出来展示，而非自己的弱处。人也没那么轻易就需要别人帮助，自己的事始终是自己的事。

我禁不住跟她说："你的心态不太像女明星啊。"

她反应非常敏捷："我本身就不是女明星。"

"现在还怕旁人提影后的话题吗？"

她摇摇头，亮出明晃晃的笑容："在你还没法消化它的时候，它来了，你当然会怕，但现在我准备好了，也接受了这个设定，它的确带给我很多好的机会，负面的影响虽然也有，但我并不关心它具体是什么，我只知道这是我该承受的。"

春夏曾有些悲观地说过，跟真正的难处比起来，就连交流都是杯水车薪。而现在的她告诉我，其实她的悲观通常只源于小小的多愁善感，算是一种自我保护，真遇到了大的问题，她是一定会往前走的。

至于那些横在她眼前的山脉，我不确定她是否已然翻了过去，但看起来，她至少已经掌握了翻越的力道，毕竟她已经可以姿态轻盈地哼着"小小的一片云啊，慢慢地走过来"，还可以神情自若地告诉我：我喜欢现在的一切，我想演到我生命的最后一天。

刘昊然
长大成人

陈升写过一首歌叫《二十岁的眼泪》，

甚是煽情。

"二十岁的烛光映在你柔美的脸上，

骄傲的男人啊开始要流浪的旅程。

是二十岁的男人就不再哭泣，

因为我们再找不到原因。"

而刘昊然的二十岁，

似乎风平浪静得有些过分了。

刘昊然背着双肩包，戴着黑色棒球帽，脚上是一双年轻人都在穿的 PUMA 毛拖鞋。他钻进车里一边礼貌地和我们打招呼，一边安静地握着一瓶冰汽水，给自己刚睡醒的脸消肿。这样邻家气息十足的他不禁让人感叹，这就是余淮该有的样子啊，连外形都和小说里描写的毫厘不差：余淮有虎牙，小眼睛，皮肤黑黑的，笑起来挺好看。

　　余淮是刘昊然在大受欢迎的青春剧《最好的我们》里饰演的角色，一个身上的每种特质都称得上是理想初恋对象的男孩。与早期港台、日本的偶像剧里那些名字如雷贯耳的男主角们相比，他稍显与众不同，整个人看上去没有那么强烈的漫画感，而是一个的确可以真实地在学校里找到的那种男孩，离所有人的年少记忆都不算太远。

　　被问到和余淮是否有相似的地方时，他说："大家所看到的那个角色，是我和他一起创作出来的。我用演员的敏感度选择了一部分余淮身上的东西，也放了一些我自己的东西进去，所以他其实是我和余淮的共同体。我很满意最终的效果，能看得出来，大家也很喜欢。"讲到这里他不经意地笑了一下，传闻中的小虎牙露了出来，果然颇有天真原始的感染力。

也不过是几年之前，穿着蓝白校服的他刚刚在电影《北京爱情故事》里贡献出惊为天人的大银幕表演。而在即将播出的《琅琊榜2》里，他饰演戏份相当吃重的少年将军萧平旌。虽然他与角色的年龄跨度不算大，但心理成长的跨度却非常大。他说："高一那年被选中演《北爱》的时候，我对表演还没有任何概念，导演说你只要演你自己就行了，但对一个新人来说，即使是松弛自然地演自己也不容易，因为你在镜头前总会下意识地想要演点儿什么。而拍《琅琊榜2》的吃力就在于，我过往的生活里没有现成的经历和感受可以拿来使用，因此更需要努力琢磨。"

我进一步追问："比你拍电影更难？"

"两者要求不同。电影是一种很意象化的东西，有音乐的渲染，有镜头语言，还有留给观众的猜测，十个人看一部电影会有十种截然不同的感受。但演电视剧最要紧的一点是准确，就像一群人接龙讲故事，每个人的角色都是故事的其中一环，你如果讲得不准确，可能会影响整个故事的完整。"

在家里，他喜欢看些诸如《美国往事》《一级恐惧》《X 档案》

《杀死比尔》等这些风格感强烈的老片子。提起表演上的偶像，他的第一反应是姜文，而昆汀·塔伦蒂诺和徐浩峰则是他崇拜的那一类导演，"他们的电影都不必看片头的导演名，看两分钟就能分辨出是谁的作品，他们早已给自己的作品贴上了独一无二的标签。"

"所以成为那种类型的演员，是你以后的目标？"

这时，他的回答里忽然有了几分思辩的味道："这是好事，或许也不是好事。有的演员风格感强烈，在任何电影里都极具辨识度，但也有另一种演员，到了不同的电影里就会化身为完全不同的人物。我暂时还不知道自己会成为哪一种。"

生日在十月的刘昊然，已经满二十岁了。也许是因为每天与一群成年人在一起工作的缘故，他看起来比同龄的男孩子们稍成熟一些，更坦言自己从未有过叛逆的青春期。"我觉得但凡是明显叛逆的小孩，都是下意识地知道自己身处一个很安全很稳固的环境里，即使随心所欲地折腾一番，也不会导致什么严重的后果，反正有家人和朋友在。但我刚来北京上学的时候就住在学校里，那是很陌生的环境，要面对来自五湖四海的同学，每个人的脾气和心性都不相同，那种集体生活让我没有太多的安全感。"

有人说成名要趁早，算得上年少成名的刘昊然却对此持一定的怀疑态度。"要看你想怎么成名吧！当演员需要大量的生活经历，太早成名的话，你可能没办法有足够的时间从生活里汲取营养，比如你不能自由自在地恋爱，演起恋爱的戏就会很费力。我要做一位可持续的演员，哪怕有一天我不做演员了，我也希望是我自己想去做别的更热爱的事了，而不是这条路我走不下去了。"

聊起这一两年突然忙碌起来的生活，他的口吻也显得很淡然："我还是相对自由的，当然也会有牺牲，比如牺牲一些在学校里玩儿的时光，但我也得到了很多，付出与收获还是成正比的。我已经渐渐适应了这种生活，因为早晚都需要适应。"

刘昊然很善于安抚自己的情绪，偶尔碰上一两天的低潮期，他会选择完全放纵自己，想吃就吃，想睡就睡，在他看来这反倒是一种很有效的调整方法。拍戏收工之后，他也会和其他演员一起聚在房间里，聊一会儿天，喝一点儿清酒或威士忌，喝到微醺的时候就回去睡觉。

当被要求对二十岁的自己说些什么的时候，他摆了摆手，过分平静地告诉我，那种一夜之间成为大人的感慨和唏嘘，他早在十八岁那年就已统统有过，现在心里反倒出奇的平静，甚至差点儿忘了自己的生日，他还不忘开玩笑道："可能对女孩来说二十岁更重要吧，毕竟从此以后就奔三了。"

总之，刘昊然的明天还有许多美好的事要做，比如一个人去南非看野生动物，比如找机会肆意地演一个内心极度丰富的疯子。希望这个男孩的每个愿望都不落空，更希望他能像当下一样时时有笑容。

"对了，昊然，那你会不会考虑自己投资一部戏，痛快地演一个疯子呢？"

"我这么勤勤恳恳地赚点儿钱挺好，咱还是别干那种事了。"他回答得相当无辜。

天蝎是最性感的
星座吗

张天爱

这位天蝎座小姐让我相信，

天蝎座的确有可能是最性感的星座，

这种性感与修长的双腿、

比基尼桥或马甲线无关，

而在于她垂直向上的冲劲儿，

和乐观大过天的原始态度。

摄影师调试灯光的时候，张天爱自顾自地对着墙壁玩儿起手影来。一束灯光，一双灵活扭动的手，明暗对比之中，掺杂进几缕鲜活的想象，小小的舞台自然而然地就搭了起来。就是所需设备如此原始的一个"回忆杀"式的儿童游戏，她倒挺投入其中的，如果不被打断，大概还可以继续一边说话一边演上很久，一人分饰多角，不亦乐乎。

看看，爱工作的人，总是在工作的小间隙里像孩子似的自娱自乐，比如这位想都不想就决定圣诞节要在工作里度过的、当被问起最大的烦恼是什么时果断回答"时间根本不够用"的张天爱小姐。与无休止的流言与风波作斗争，大概是每一位女演员的必修课，到了她这儿，她却指了指工作人员，懒洋洋地说："抗压这点儿心理素质我还是有的，他们可都比我担心着急呢。"于是，望着她那双大多数时候都十分安然的眼睛，我不禁想起一句话：觉得工作不快乐的人，其实压根儿就没指望在工作里找到快乐。

有一个前缀，也许稍显戏剧化，但貌似很适合加在张天爱的名字前面——奇迹女郎。极少有小成本的网剧，可以有那样的蹿红速度，甚至可以把它的女主角一步到位地送到大银幕的最中央，更不要提这位奇迹女郎头一回担任女主角的电影《从你的全世界路过》还成为了年度高票房的片子之一了。

但是，面对"一夜成名"这样听上去就是头条宠儿的人物设定，张天爱本能地摇了摇头，表示并不太喜欢。的确，很多人都是因为"太子妃"这个角色认识她的，这姑娘也颇为直白地感叹，好开心大家能如此喜欢这部戏，但毕竟她自己的性格摆在那里，每件事到了她眼前，她都要冷静地梳理出一种合理性，任何外界放在她头顶上的光环，她也都力求真实。"事实就是，在那之前，我就已经拍过好几年的戏了，也尝试过许多不同的角色。正是因为有了那些作品的积淀，才让我在演太子妃的时候能拿出更多的经验和力量去塑造角色。无论是别人看得见的质变，还是看不见的量变，都是属于我自己的东西，我都同样珍视。我现在的成绩，是我自己用努力换来的，当然之后我会更加努力。"

最后这一句，声音不算重，但属于奇迹女郎的底气终于是显露无疑了。细细一想，她这份底气，或许恰恰让"奇迹"二字不攻自破，世上哪有那么多奇迹呢，更多的还是努力出来的结果。正如她自己所回忆的，有一次在亚丁稻城拍戏，海拔很高，天气极冷，她又有严重的高原反应，加上感冒，整个人都处于半虚脱的状态。我忍不住问："当时脑中有过哪怕一丝彻底不拍了的念头吗？"她舒展地笑了笑，说："很奇怪，我始终在想稻城的戏份拍完之后，就没什么能难倒我了。"原来如此，生活漫长，沟壑难免，人人都有自己的那一关要过，而聪明的女孩擅用心理暗示帮自己一把。

无需回避的一点是：任何人在看张天爱的第一眼时，都能感觉到她身上最明显的特质就是性感。当然，我所说的不是闭门苦练出风情与仪态的那种性感，而是她生来就分得的这副五官与身形。在古装剧里撑得住明艳嚣张的妆，但说话时眉宇之间又会露出一丝丝少年的英气。个子并不算很高，却有一双在视野里近乎无限延伸的腿，无论是牛仔裤还是晚礼服都能在她身上找到一个绝好的归宿。美貌也是一种天赋，不是吗？

在这样一个社交媒体信息过剩的时代，实在有太多无从考证的星座定律，我在做功课时无意间瞥见其中一条定律，说天蝎精力旺盛、热情、占有欲强，可以说是最性感的星座。我稍稍改换包装，顺势将这条定律抛给了有问必答的张天爱："你是典型的天蝎座吗？"她不假思索地笑道："我觉得自己还是挺天蝎的，很护短，是不是很想和我做朋友呢？"这姑娘身上有意思的地方太多，最典型的佐证就是她作为一位受访者，却每每都忍不住要调换角色来给我出题。

至于她口中的"护短"，我可以当一回证人，因为严格来说，这并非是我们第一次碰面。就在去年的九月末，《从你的全世界路过》在北京办首映礼，几位演员在同一家电影院的不同影厅内有各自的亲友场，请的都是些相熟的媒体，当时我就坐在张天爱的场里。电影还没放映，她就拿着麦克风蹦上台，一边嬉笑一边指认着座位上那些她叫得出名字的工作搭档们，又一眼看穿了在座的不少人都挺喜欢同电影的一位年轻男演员的，于是她拍拍胸脯，露出几分侠女的风骨来："都是老朋友，就不卖关子了啊，都是为隔壁那位来的吧，放心放心，我争取电影落幕之后拖住他，来这儿跟你们见见！"大家都绷不住笑了，她是真的直来直往。

对了，我和她的交谈是这样展开的——

"天爱你好，很高兴可以和你聊会儿天。"这本不过是我在周而复始的工作里，面对每一位受访人物都会讲的开场白，如膝跳反射一般，连自己都并未加诸多少热情在里面，多数明星也都是熟稔地以微笑示意，点到为止，而张天爱却怀着一种初来乍到的真诚，把它当成第一个问题来严谨作答,"我也特别开心能和你聊聊天,最近一直都在拍戏,很久没有这样和别人面对面的聊天了。"

好吧,到最后的最后,这位天蝎座小姐让我相信,天蝎座的确有可能是最性感的星座,投射在张天爱身上,这种性感与修长的双腿、比基尼桥或者马甲线统统无关,而在于她垂直向上的冲劲儿,以及对万事万物抱有的乐观大过天的原始态度吧。

王源
男孩的选择

十七岁的王源告诉我，

他的名气与实力暂时还对不上号，

希望自己努力，可以不辜负所有人。

这样的坦白也正是他不加雕琢的可爱之处，

少年的生活不是剧本，

无需构架什么人物设定。

"接下来做什么？"男孩用稀松平常的姿态舒展了一下身体，像刚刚做完几页习题，扭过头问同桌下节课是什么似的问工作人员。

　　"文字采访。"

　　"呼……那我可以稍微放松一下了。"他当即长舒了一口气，嘴角往上勾，露出星星点点的笑意，有点儿如愿以偿的意思。此刻是正午时分，从早晨九点多就开始拍摄的王源已经有条不紊地换了数套衣服，纤瘦颀长的身影一直在更衣室和摄影棚之间来回奔跑。这会儿他总算被告知平面拍摄部分已经大功告成，于是从工作的使命感里解放出来，展露了些许孩子气。他半坐半躺在沙发上，非常实在地跟我打了声招呼，话音里带着几分不好意思："先让我这么瘫会儿，不耽误咱们聊天，可以吗？"

　　"当然可以。"

　　纵然在外面的世界中，这个男孩称得上是迷倒众生，他的一举一动都会牵动无数歌迷及影迷的情绪，但在这间小屋子里近距离地看过去，他不过是个十七岁的少年，贵在真诚可爱，浑然天成。"现在这个季节是我最喜欢的，夏天刚过，秋天还没完全到来，阳光明媚，又有云，还不觉得热。"他谈及北京最近的好天气。

王源最近的活动是参加真人秀《青春旅社》的录制。在节目里，他和其他十位嘉宾的新身份是创业合伙人，大家分住在两栋旅社里，在经营旅社的过程中，他们既会有竞争也会有合作，既会互相比拼也会一起玩耍。王源的回答听上去相当地乐在其中，语气里有藏不住的开心："几乎每天都很有趣，因为在那里我非常自由，只要照顾好旅社里的客人，其他时间想干什么都可以。无聊了就下山钓鱼去，平时想去哪儿，骑上自行车就去了，我特别喜欢自由。硬要说有困难的地方嘛……也就是我刚开始什么菜都不会做，毕竟开旅社就有责任要把客人喂饱。"这位创业小白想必很有经营天赋，翻一翻他的微博就能发现，他学习厨艺的速度还是很快的——从炒秋葵到清蒸鱼，成色瞧着相当不错。

"自由对你来说很重要？"

对于这个问题，他当即就笃定地点头。一部分人想着，长大后就可以自己掌控生活的方向，从而得到真正的自由；而另一些人认为，长大的过程反而意味着更多的责任和约束。王源想都没想就表示自己倾向于后者，"随着我慢慢长大，必然是责任更多。小时候，大家把你当小孩子看待，有什么事都会替你兜着，但长大了就要学着自己去扛，还要赚钱，孝顺爸爸妈妈，所以肩上的重量是会越来越重的，这一点我一直都很清楚。"

"那么你有没有想过在肩负责任的同时，如何找寻你心心念念的自由？"这下子少年花了一些时间来思考，然后耸耸肩，冷静地回答："尽量在工作之余给自己放放假，也就只能这样了。"如王源自己所言，因为长期和一群成年人在一起工作，学校和社会的边界线早已模糊难辨，十七岁的他也常会心生一种自己已经是个成年人的错觉。本想和他聊一聊不用工作的时候他会如何度过，这男孩却过分真实地告诉我："上课。现在只要是不用工作的时间，都排满了课。"他也坦然地表示，平时和朋友相处的时间少之又少，维系友谊的不过是微信群中的几行对话。

话题绕回《青春旅社》，十一位嘉宾中唯一一位正经历青春期的王源，本身就是对"青春"两个字最好的注解，对此他也有自己的理解："青春期人人都会经历，它非常值得我们珍惜，因为一旦过去就不会再回来了。每个人在青春年少时都会有很多不同的想法，也都会非常勇敢，所以我们要趁青春还在，去追逐最想追逐的东西。"

"现在的每一刻，我都在享受青春。虽然有时候也会觉得有点儿累，但这就是我的青春，是属于我的独家记忆和体验，是别人都没有的。"这时，他的神情显得尤为骄傲，目光里涌出一束细细碎碎的光，"虽然我也挺想和其他男孩子一起在游戏里开开黑，在学校里打打球，但如果可以再选择一次，我还是会选择我现在的生活。"

王源依然记得，4年前，12岁的他第一次登台，在很多很多人面前唱歌。隔着时光重新描述那一刻的情形，他坦言："特别紧张，直到表演完才松了一口气，如果把当时的表演拿到现在来看，简直差到没法形容，不过当时还是特别特别开心！"现在，经过一张张专辑和无数场表演锤炼的他，已经慢慢开始像一位成熟的歌手一样享受舞台，也将更多野心放在自己的创作上了。

说起这些日子王源几乎不离手的新宠儿，一定要数他正在学的吉他了，就连在《青春旅社》里，观众也能看到他孜孜不倦地向音乐制作人赵英俊讨教弹吉他的画面。其实在王源小时候，他就特别喜欢唱歌，一到了班上需要选送节目的时候，他总是那个抢着上台唱歌的男孩。父母也曾让他学钢琴，但他坦言那时没有好好学，被爸爸妈妈"威逼利诱"着弹过一段时间，却并不上心，这几年才愈发意识到自己越来越喜欢音乐，词曲创作时显然也需要乐器帮忙，但练钢琴是非常需要基本功的，并且钢琴不便于携带，而吉他稍微容易上手一点儿，也可以走到哪里带到哪里。

这两年，王源在做音乐的同时，也开始在影视方面崭露头角，无论是在电影《爵迹》里饰演的白银祭司，还是在励志剧《我们的少年时代》中塑造的热血棒球队员，他都收获了不少的称赞。他也渐渐学会享受这门压力和乐趣同在的艺术。"最大的压力就是要背剧本，但我很喜欢和同剧组的演员们住在一起，大家为了呈现出一部好作品而共同努力，在相处的过程中不断加深了解，不断磨合。"有的故事离他的生活比较近，也有的故事离现实生活很远，但在喜爱表演的王源看来，一切并不需要考虑得如此复杂。"最近没有上表演课。学习表演最快的方法是一边拍戏一边找表演老师。我会把自己放进角色里，只要表演一开始，我就告诉自己，我就是那个角色，这就是我的表演方法。"

当然，这位少年也不忘补充自己爱憎分明的一面，"对于我喜欢的角色，我就会充满斗志，想要尽力演绎好，但如果是明显不合适我的角色，我内心就会有点儿排斥。说实话，我之前的角色有点儿固化，形象也比较单一，所以我之后想寻求一点儿突破。"对于理想的角色类型，王源心里也早已有了标准：第一，必须有自己的内涵，但不是故作高深；第二，还是想演一些在青春期该发生的事情，越接近自我的表演，越容易打动别人。

王源很早就被问过长大后的理想是什么，不同于很多男孩口中的医生、科学家、飞行员，他的答案直白到有些可爱——做一个有钱人。现在他已经不再提那些远大的理想，而是更加专注于当下的规划，他说："到了现在这一步，我明白自己的名气和实力暂时还对不上号，实力欠缺很多，所以还是想多上上课，加把劲儿，无论是演戏还是做音乐，都能有更多更像样的好作品拿出来，希望可以不辜负所有人吧。"他随即补充说，"之后会有我的生日会，我就想要好好表现。"这是他最近最想做好的一件事情。

"过去、现在、未来，哪一个对你来说最为重要？"

他先是脱口而出"未来"两个字，缓了缓又说："我还是选现在吧。未来谁都不知道会是什么样子，有可能比现在更好，自然也有可能会垮掉，所以先做好现在的事情吧。无论未来如何，都是靠现在的自己一步一步走出来的。"

时间，王源不止一次提到。我不禁好奇，如果生活中多了一天，或一星期，甚至多了一年，这个少年会怎么支配?

"只有一天，我要全部拿来躺着，吃吃东西，好好补一觉；一个星期的话，当然飞去瑞士滑雪咯；而如果真多了一年的时间，我准备去上学，最近我一直想找所国外的学校，好好地念与流行音乐和作曲相关的课程。"

由于工作的原因，王源总是要前往不同的城市，但他不止一次说过，他最爱的城市仍是重庆，虽然回去的机会不多，但只要回去，是一定要沿着江边走一走的。"我出生在那里，对它有特殊的感情，重庆最让我眷恋的是它的人情味儿。"

除了吉他，滑雪也是王源的一大爱好，他今年年初刚刚学会滑雪，正因如此，格外技痒的他目前最想去的地方就是瑞士。不同于很多人，他从来不用刻意保持身材，因为他有着令人羡慕的体质。"我属于过瘦人群，从来都不需要控制体重，平时都是往死里吃的，我最爱吃小龙虾了。"

聊起自己的穿衣风格，王源不自觉地笑了笑，心里似乎不太确定，试探性地抛出了"土帅土帅"这样一个半开玩笑的词语，接着真诚地补充道："我实在不怎么会搭配衣服，服装师拿了衣服来，我就穿，所以全看服装师。"一番畅所欲言之后，他又看了眼坐在旁边的经纪人，问了声："这样讲行吗？"他最喜欢买帽子，我起初还以为他会收藏很多不同款式、不同风格的帽子，没想到后半句的解释来得如此猝不及防："因为我有时候不太喜欢洗头，不过……只是有时候啦。"他大笑起来。

在各种令人惊叹的大数据和粉丝的尖叫声里，这个男孩从十二岁一路走到十七岁，他的唱功和演技一直在精进，但不曾改变的是他骨子里的那种赤诚和直白。对这个少年而言，生活不是剧本，也无需构架任何人物设定。

Angelababy
以做女孩的方式做女人

勇敢、天真、热烈、清醒，

一眼扫过去，

似乎每一个形容词形容的都是她，

而单个放着，

又似乎都不足以形容她给人的感觉。

"浪漫就是……收到惊喜的那一刻会开心得简直想跳起来，之后却发现那其实特别无聊。"一上来，她就向我抛出了这样一个新鲜且辛辣的观点，随后略显狡猾地笑了起来。

"试着举例说明。"我并不打断她。

她立即神色生动地假设起来："比如你和爱人约好了吃烛光晚餐，刚一进门就看见，哇，漫天漫地全是气球，等第二天早上睡醒了，那股劲儿过了，你会开始头疼，这些气球到底要怎么处理才好啊！"

在和我开始这段聊天的时候，Angelababy懒洋洋地抱着膝盖，坐在一张旋转椅上。刚结束了一天的拍摄工作，她脸上的粉底和头上的发胶都已被悉数洗净，松散的长发被吹风机吹到半干，整个人就像漫画里的夏日少女，巴掌般大小的面孔，眼睛里透着一种无所事事的明亮清爽。

她与丈夫都是演员，连轴拍戏和四处奔波早就成了家常便饭，要维持二人世界在他们的生活中所占的比例，似乎不是一件容易的事。而这在Angelababy看来，却根本不是什么值得过分忧愁的事情。"真正的感情是不需要费心费力去维持的，我们两个人都很清楚，彼此都在为这个家付出，其余的就顺其自然吧。如果碰巧在一个地方拍戏，就会见得多一点儿，不在一个地方的时候，也没办法。要说真的去计较两个人在一起度过的时间的量，这对演员来说，实在太奢侈了。"

聊到这里，她主动给自己的内心做了一次剖白。

她向来不抗拒热闹，却也不害怕独处，两者于她而言其实没有多大的区别。放眼生活里，唯一真正会惹恼她的，也不过是肚子饿了而已，但有时候事情多了，再加上一着急，落在大家眼里的她，就是在发火，其实只有她自己心里清楚，她并没有多生气。

"我最大的缺点，大概就是把所有的事都看得太淡，心思也太顺。我身边好多朋友都有那种大起大落的情绪，但是在我这里几乎没有过那种情绪。就比如有人问我被误解的时候怎么办才好，我对这件事的第一反应是：还能怎么办呢？不是有个词叫百口莫辩嘛，那就别辩了呗。"

"所以，你是那种非常擅长情绪管理的女生？"

"这么说吧，我觉得人的大脑还是挺神奇的。你开心也好，难过也好，疼痛或者害怕也好，其实都不过是它发给你的一道指令而已，所以我通常会提醒自己，首先要想的是如何去驾驭情绪，而不是等着情绪来控制我，先下手为强大概就是这个意思吧。当你很消极，或者很冲动，甚至是从心底里冒出了奇怪的念头的时候，很简单，把注意力转移开就好了。我不敢说我很擅长情绪管理，但我是从来都不怕黑，也不怕鬼的呢。"

她一本正经地说到最后，性格上还是露出了少许顽皮的影子。

2017 年对 Angelababy 而言是非常难忘的一年。除了诞下了儿子"小海绵"，晋升为新手妈妈以外，在演戏的道路上她也正马不停蹄地尝试着更多的可能性。她产后复出的第一部作品就是刚刚开机拍摄的《创业时代》，她第一次和黄轩搭档，共同演绎了一段发生在互联网大时代背景之下的创业故事。

当聊起与黄轩对戏是一种什么样的体验时，Angelababy 立即就少女心爆棚地感叹道："他的声音实在是太好听了，每天我都有种旁边站着一位电台男主播的错觉！"

在《创业时代》这部剧里，Angelababy 饰演的女主角那蓝是一位投资分析师，身处 IT 江湖，需要头脑清晰，根据自己的眼光给别人提出投资建议。在海报中，Angelababy 身穿过膝的米色风衣，搭配直筒长裤，眼神看上去出奇的平静大气。

对她而言，那蓝是她成为演员以来拿到的最为成熟稳重的角色，因此拿捏起来也格外慎重。"以前我的作品不是校园恋爱类型的，就是古装言情类型的，这是我第一次演职场剧，也是第一次演职场女性。"为了在细节上营造出真实感，Angelababy 提前恶补了很多职场电影，也见了很多职场女性，仔仔细细地观察她们的穿着打扮，以及说话做事的方式。

聊起挑选剧本的标准时，Angelababy 挠了挠头，先是特别痛快地脱口而出"全靠直觉"，随后又仔细地斟酌了片刻，满怀期待地跟我讲："其实我很想演一些叛逆的角色，甚至是反派呢。"

说起当下最喜欢的女演员，她毫不犹豫地报出詹妮弗·劳伦斯的名字。"她的表演很有张力，深得我心。我并不认为她所呈现出来的银幕形象是很多人口中所谓的大女人。她平时并没有表现得非常强势，也不刻意去经营女强人的形象，但她在必要的时刻却可以非常坚强，这放在任何一个女人身上，都是很吸引人的特质。"

外界围绕 Angelababy 展开的各种话题，似乎始终都没有停息过，漂亮大概是她身上唯一没有什么争议的话题。于是我尝试着问她："你认为比较漂亮的女生，在我们现在这个社会体系里会生活得更容易一些吗？"

她斩钉截铁地用摇头来表明立场，"从来不觉得。其实大家都各自有各自的辛苦，我身边有特别漂亮的女生朋友，也有样貌普通一些的朋友，我还没看到有谁可以处处都称心如意，这就像是我们中国人常说的那句老话'家家有本难念的经'吧。"

而当我跟她提起她新人时期曾经有过的辛苦经历时，她也可以不带太多情绪地将过往平铺直叙出来。有一次她出国工作，连续 72个小时都没有睡上一觉。其实中途香港飞美国的那 12 个小时，她是留给自己休息的，但那时候她的座位刚巧是四个人一排的最中间的位置，虽然困倦无比，很想合上眼睡一会儿，但她又觉得无论自己的头朝哪边歪都很尴尬，于是始终没有睡着。

但是，Angelababy 的强大之处就在于，她可以用隔岸观火的态度面对过去的事，她并不会把那些独自打拼时遇到的不如意始终挂在心里。"过去的事，我都不觉得有多辛苦，反正过去了啊。"

　　"你有什么鲜为人知的喜好吗？分享一下呗。"

　　她非常实在地苦笑了一下，说："我这个人吧，凡是热爱的东西，都很愿意跟人分享的。打游戏肯定不用说了，大家都知道，硬要说一样的话，那就是我最近正在努力学习各种儿歌，因为要哄孩子睡觉。"至此，一位新手妈妈的上进心总算暴露了几分，她也随即坦言，自从有了小海绵之后，她的生活节奏不知不觉地慢了下来，"以前哪怕有一天的空档，我都要用活动或者拍摄等行程填满，而现在我会忍不住放弃一些远距离的工作，恨不得能一直在北京待着，就为了多点儿时间陪他。"

　　Angelababy 因为马楚成执导的爱情片《夏日乐悠悠》而初涉大银幕，说来也不过六七年的时间而已，她就已经从一位少女偶像变成了一个已为人母的成熟女人。从前，Angelababy 的眼睛里装着的是新奇清澈——年轻真好，像极了一杯仲夏里蒙着水汽的柠檬茶。而如今再望过去，里面已然多了一些细细碎碎的温情。

我不禁追问她："看着儿子现在的模样，你对他的未来有什么期待？"不多思考，她就接了一句："平安健康咯！"听来似乎并无太大新意，很多人都是这样回答的，但也正因如此，我们才能发现，这大概就是为人父母最基本的愿望吧。

Angelababy 不加修饰地告诉我，她最初迷上《美少女战士》的原因，和这世上的大部分女孩并没有什么区别，纯粹是因为水冰月打扮得很漂亮。后来她才渐渐发觉，水冰月真正吸引人的地方在于：虽然她在生活中比较二，但是到了需要她去拯救世界的关键时刻，她总是非常有正义感，随时都会站出来。

"但是你有想过，《美少女战士》其实是一部英雄主义题材的动画片吗？"

"想过啊！我一直都很崇拜英雄主义啊！有一群很好的朋友一起战斗，有一个爱的男孩，有一颗永远都不会被打败的心。虽然她在战斗中被打败过很多次，但是她从来不会绝望，可以一次又一次地站起来。那是我特别向往、特别羡慕的生活状态。"

勇敢、天真、热烈、清醒，一眼扫过去，似乎每一个形容词形容的都是她，而单个放着，又似乎都不足以形容她给人的感觉。Angelababy可以无忧无虑地凭直觉生活，或许是因为有个小女孩始终住在她的心里，而且住了非常非常久。

她在以做女孩的方式做女人。

笛安
写作成为了我的
一个器官

在小说《西决》里，笛安这样写过：

天真其实不是一个褒义词，

因为很多时候，

它可以像自然灾害那样

借着一股原始化、戏剧化、生冷不忌的力量，

轻而易举地毁灭一个人。

"难道这世上有人不喜欢巴黎吗？"

这样一个反问句，是当我问笛安是否喜欢巴黎的时候，她下意识地给我的回答。我愣了一下，半开玩笑道："应该也有吧。"她这才后知后觉地笑了笑，自顾自地说："也对，应该还是有的，可能因为巴黎的脏乱或者治安问题吧。"

对话是在她北京的工作室里展开的。不过是写字楼里一间不大的开间，她带着她的团队在这里做《文艺风赏》杂志，在纸媒难熬的大背景之下，这本从我的少年时代就开始在校园里广为传阅的文学杂志刚刚经历了短暂的休整，从月刊变成了季刊。

打量一下笛安，她的着装很符合我对生活在大都市的女作家的想象——涂哑光口红，穿一条纯黑色的及膝连身裙，银灰色平跟鞋，看起来颇为清爽。

笛安十八岁出国去念书，二十六岁才回来，对女孩来说极珍贵的那些日夜她都是在巴黎度过的，因此她很平静地说："法国对我的影响不能只用影响来形容，今天坐在这里的这个我，是被我在那里所过的生活塑造出来的。"

她特别怀念巴黎深夜和黎明之间的那一小段空隙，也怀念周末晚上的巴士底广场，放眼望去全是年轻人在消磨时间，"晚上十二点坐地铁回家，总能看到另一拨人刚出来，明显是要去另一个场子玩乐，这也是我喜欢大都会的地方，好像大家都互不认识，由此我会觉得非常安全，这种疏离会给每一个孤独的个体一种庇护感。"

"是因为你有社交恐惧征吗？"

"也不尽然吧，我的社交恐惧征是分人的，要看是和谁在一起。"笛安在不同年龄段都有肝胆相照的朋友，但她也坦言，朋友是会随着生活的更替而更替的，"我很相信女生之间的友谊，但每隔七八年，都会有一拨新的朋友，这点我很能接受。"

回国之后，笛安一直住在北京，到现在已经快八年了。鉴于她生命里最重要的体验大多都发生在这里，她写了本书名听上去挺浓墨重彩的小说——《金镶玉》，讲当下的北京，写尽成年人的感情、利益和欲望。这个故事从 2016 年动笔开始写，中间连载过一段日子，写到三分之一又推翻重来，现在仍未完成。

　　说起写《金镶欲》的难，她甚至觉得超过她上一本以明代节妇为主题的小说《南方有令秧》，"写历史题材的挑战是，要做足史料的功课，让主人公遵循它去思考和说话。其实《南方有令秧》还是在写人生的残酷，也就是人和外部世界的各种斗争和摔打，这远不及人性的残酷难写，最难写的是人性的幽深和自我深处不可捉摸的东西，《金镶欲》就是这样。"

　　笛安在年初时去了一趟苏格兰，那是她近期最愉快的一次旅行。她喜欢苏格兰的高地、湖泊、羊群和稀少的房子，同时也迷恋爱丁堡城区的古老和丰富，人类文明和原始的东西在那儿结合得很完美。"太原始的地方会让我恐惧，从前去瑞典，身处北极圈里甚至可以看到苍穹的形状，自身的存在感会被无限碾压，我还是城市动物，喜欢刚刚好的疏离感。"

　　十几岁时，笛安把写作当成特别大的事，会用各种修辞来形容自己与它的关系，写作曾是她与外部世界相处的感受途径和沟通途径。"当时我得到所有、对抗所有，都靠写作。听到朋友说谁谁谁把一个特破的地方弄成了花园，我的反应是：哦，挺好。我不太相信生活中所谓的化腐朽为传奇，生活中是没有传奇的，所以写作曾经是我逃开生活的一种方法。而现在，写作慢慢变成了我的一个器官，我或许不会天天看着它如何运行，甚至有时候会不记得去关心它、爱护它，但它会一直在那里。"

在小说《西决》里，笛安这样写过：天真其实不是一个褒义词，因为很多时候，它可以像自然灾害那样借着一股原始化、戏剧化、生冷不忌的力量，轻而易举地毁灭一个人。无独有偶，现在的她也可以非常坦然地表示：我们一直在讲初心，而初心其实并没有那么重要。相反，现在的她才真正深刻地理解她自己想要做到的事情。

随着自己日渐成熟，她已经不那么强烈地渴望自我实现了，用她自己的话来讲就是：现在我努力工作，不是为了被承认，只是因为我的责任需要我努力工作。人在年轻时总是需要被承认，我运气足够好，在很早的时候就被承认过了，刚好我的欲望也没有那么强，不需要一直被承认下去，现在我甚至不太在乎你觉得我有没有才华，你说有就有，没有就没有吧。

文学界门庭冷落，以小说为母本衍生出来的电影电视产业，却是一副热火朝天的样子。在这样一种寓言般现实的环境里，我们难免聊起了她对于这件事情的看法，恰好她最广为人知的龙城三部曲《西决》《东霓》《南音》也在进行影视化的项目。"我会希望呈现出来的效果不要太烂，但其实也没有那么在乎。从我卖掉版权的那一刻开始，它就是导演的作品了，贯彻的是导演的价值观和审美，由此，我的身份只是一个故事蓝本的提供者，而已。"

"你就没有别的作家的那种希望在银幕上最大程度还原故事的执念和情结吗？"我追问。

她看起来挺轻松地摇了摇头，清醒又透彻地说："小说这个东西的迷人之处，就在于它是无法还原的，不是吗？"

麦子
浪漫不是细水长流，
它需要许多燃点

有两种相处方式我都很羡慕，

一种发生在美剧《纸牌屋》里的总统夫妇之间，

一种发生在麦子和黄觉之间。

前者是直面对方脸上牵连欲望的黑色洞口，

像共同体盟友一样握牢对方的手；

后者更为幸运，

在日常生活里摸到了爱的永动机的开关。

而两者相同的一点是：

他们在各自的关系里，都可以很放松。

麦子很瘦，留着一头蓬松的卷发，素面朝天但颇有光泽，肥大的白衬衣，黑色的阔腿裤，在摄影棚里跳跃起来像一只鸟。

"我不做专业舞者很久了，但还没有退功，现在一周上两次芭蕾课，纯粹是因为爱跳。从小就开始练，舞蹈已经成为我身体的一部分了。"她向我轻声解释。

"不退功"是句行话，意思是还能跳。她前前后后跳了十一年芭蕾，在法国念书时主修的是肢体戏剧，因为法语口音不是她的强项，于是索性决定不说话了，用肢体表演。当时她的导师恰好是大师皮娜·鲍什的好友，给她看了很多皮娜的资料，她们俩的背景比较相似，都是从舞蹈演员转到了戏剧表演。

孟京辉最经典的一部舞台剧《恋爱的犀牛》演了这么多年，演明明的女演员换了一代又一代，麦子从未想过，自己也可以饰演这个在不知多少人的青春里烙下了印的感性角色。当时麦子刚生完第二个孩子小枣，她的同学在微信上说你平时不是爱看廖一梅的书嘛，孟京辉在招《恋爱的犀牛》的演员，要不你去试试吧。

于是麦子穿了身黑色运动服就去了。

一轮又一轮的面试过后，她见到了孟京辉导演，又培训了几个月之后，导演告诉她："麦子，我觉得你可以演明明了。"麦子说："我有想象过明明的年纪，她并不是还在念书的小姑娘了，而是初出社会的状态，已有了些许阅历，但在面对爱情和工作时还有很多问题，我认为这些问题，可以统称为女人的问题。与之吻合的地方，是在此之前我从未主演过这么大型的并且公开的剧目，所以这对我来说是一个出社会的角色。"

除了舞者与演员之外，麦子还有一个被大家熟知的身份——演员黄觉的妻子。

恋爱时，麦子去过黄觉住的公寓，房子是由两套三居室打通而成的，一扇门也没有，连厕所都没有门，只有一间卧室和一间巨大的客厅，他的浴缸就孤零零地放在客厅中央。时隔多年，再回想起来，她是如此形容自己的爱人的："我觉得他和那房子很像，白色的墙，白色的地板，略显孩子气，但绝对是一览无余的。"

起初，黄觉是不婚主义者，他偶尔会向麦子透露说他将来是要去国外做人工受孕的。麦子收到这样一种浪子的信号，却也并不乱阵脚，她跟他说："你这个主意特别好，可以直接有个混血宝宝，反正我是回来过暑假的，还有几个礼拜就走了。"

　　回法国之后，他总给她打电话，打了整整一个学期。直到有一次她手机坏了，有两三天没接到他的电话，她以为他没有打，心里十分着急。当她意识到自己的手机坏了，把卡换到另一部手机上时，他的电话立刻就打来了，他说我给你打了好多天的电话啊。

　　"我们俩认识的时候都是小心翼翼的，一直维持远远观望的状态。但后来我发现跟他在一起，我仍然自由，而且比我一个人的时候还要舒服。在法国念书时我是很孤独的，每周都要腾出一天来看一部很悲伤的电影，听些音乐，吃很多甜食，然后大哭一场，才会觉得这个礼拜过去了。遇到他之后，那些孤独感突然都没有了。我本来就不爱吃甜食，学芭蕾也不能吃，那会儿吃甜食纯粹是报复性地吃，有了他之后我就彻底不需要甜食了。他是一个心胸特别宽广的人，能接纳我身上的一切。因为我一直在上学，跟社会没有什么真正的接触，所以不太自信，但是和他在一起久了，我真的开始觉得，我自己什么都好。"

如麦子所说，她喜欢偏爱。"我要的不是你对别人都好，对我更好。我要的是你对别人都很一般，但对我还凑合的那种好，那对我来说就非常不得了了。黄觉恰好愿意给我这样的偏爱。"

"现在你如何理解浪漫？"我问她。

"我可以告诉你浪漫是细水长流，但事实上并不是，浪漫需要有许多燃点。这阵子他在拍毕赣导演的新戏，好不容易才能回来几天，我就天天开车带他去很远的地方，去那些我们没去过的餐馆，订不到位，就去了再等号，总之就是拉着他在北京到处跑。他在微博上说感觉回到了未婚时的日子，有网友在评论里喊我，说黄觉回家要跪搓衣板了。我笑着回复说'嗯，我和他在一起呀'。这就很浪漫。"

"我可以一整天都待在家里，不化妆打扮，七点多送小朋友上校车，然后我有八个小时的时间都比较自由。我会去买些新鲜的菜，告诉阿姨做什么，中午我一个人通常只吃份量很少的 light lunch（很随便的午饭），然后下午两三点钟开始准备晚餐，小朋友回来了就看着他洗澡、弹钢琴、做作业。"

"我和黄觉都喜欢独处，有时候各自独处，有时候一起独处。他在书房玩儿他的那些镜头，我看书。我以前爱看长篇小说，看的速度也快，现在时间被拆得比较零散，今年只看了《我的天才女友》和《新名字的故事》，看别的书都会半途而废，所以现在我会看《鳄鱼街》《游戏的终结》这样的短篇合集，烧个开水的工夫就可以看完一个故事，今天我还带着《雨必将落下》这本书呢，这些都是我最近的案头书。"

　　这是麦子在刚刚坐下来时，随口向我描述的她的生活，都是些琐碎的事情，但你能从中听出完整的自由和甜蜜的秩序，同时拥有这两样东西的人，少之又少。如果可以的话，你会十分乐意就这样不间断地，听她讲上一整天。

彭薇
女艺术家这个词
本身就不公平

想到采访彭薇，

是因为偶然知道她在做一种国画与装置艺术交融的东西，

这在我看来非常酷。

她讲话的声音带着一种硬气，

但这种硬气与女性气质并不矛盾。

不同于许多艺术家的沉默寡言，

与她对谈时，她会源源不断地向你抛出观点，

比如她压根儿不喜欢"女艺术家"这个词，

再比如纽约已经老了，柏林才是当下。

彭薇的着装习惯很符合我对女画家的想象。她用一个"灰"字来形容自己衣橱中大部分东西的颜色，随后又敏感且细致地向我补充解释道："在我这里，浅蓝或是浅红这种饱和度不高的颜色，统统都属于灰色。"

不久前，她刚去了一趟柏林，由此爱上了那座自由的城市。她说："柏林有很多在建的项目，大家都说英文，空气中流动着着各式各样的可能性，有一种……怎么说呢，一切正在发生的感觉。比如纽约就已经太成熟了，你甚至会觉得它不会有什么新鲜的事情了，而且欧洲的艺术中心正从巴黎往柏林迁移，我认识的很多艺术家也正把工作室搬到那里。我很爱柏林街上的东德建筑和那些很野的花园。"

你很难定义彭薇在做的艺术创作究竟属于哪一种具体的范畴。许多人把她视为国画家，而从两岁就开始接触国画的她，却自言国画只是她的一种表达渠道和方法，正如她现在也用国画这种媒介做艺术装置和影像作品。

女性天生就会对衣服和鞋亲近，彭薇也不例外。她最初是惊叹于它本身的美，而后惊艳于以传统颜料和毛笔将其展现出来的文化底蕴，于是她画了一年的鞋子，又画了一年的服饰。有人把这些画喻作是她自已的"私房画"，因为宣纸上的那些女鞋与服饰，像是过去某位大家闺秀私有的赏玩之物。从早期的花卉湖石到绣履和衣钵，彭薇的创作内容都是以系列来划分的，一个系列做上一阵子，再衍生出下个系列，至于下个系列究竟是什么，她也回答得颇为随性："很多时候，艺术不是我计划好要如何去做，而是我碰巧看到的，并且你不知道它什么时候会发生在你身上，就像我做装置艺术的模特身体，是从垃圾箱里捡来的，艺术家最重要的是能够在没用的东西身上，看到它好玩儿的一面。"

在她看来，女艺术家做艺术的优势可能是成功欲淡一些，对艺术之外的东西的野心小一些，更纯粹敏感。而比起优势，劣势则大得多，比如女艺术家总会被归为女艺术家，其实这本身就是一种不公平，毕竟才华不分男女。

同时，彭薇也坚定地认为，在我们现在这个社会，一个不需要依赖任何人就可以活得很快乐的独立女人，只需要满足两个条件就够了：有一定的经济基础，并且找到一份自己长期想做的工作。

杨乃文
离心力与幽默感

在杨乃文眼里，

音乐本就是用来享受的，

我们却常常喜欢去做过多的分析。

当然她也很坦白地说：

"无所谓独立与流行，

既然唱了，就希望多一些人听到。"

北京的深冬，某一天日落之后，我在一家 KTV 里见到了杨乃文，并非是约了一起唱歌。包厢里非常空旷非常安静，她刚为新唱片《离心力》跑完通告，稍微吃了点儿食物就赶过来了。选这个落脚点，不过是因为它位于我的工作地点跟她的工作地点的坐标中间，且这里光线温和，无人打扰。

脱去外套后，她只穿了一件质地柔软的薄针织衫，露出嶙峋的锁骨，整个人看上去好轻。她是越忙碌就越瘦的体质，她说最近她的体重的确在往下掉，但健康的习惯始终都在保持。一个礼拜打两次网球，坚持两到三个小时的肌耐力训练，如果有朋友拉她去上空中瑜伽课，她也当即点头答应。

我见过太多的女艺人，瘦是她们的常态，但杨乃文有一种气质上的"瘦"，纤瘦的身体整个陷在沙发里，举止优雅又淡然。我半开玩笑地道："你有点儿像《佩小姐的奇幻城堡》里的那个飘在空中的氢气女孩 Emma。"她愣了愣，我又说了遍英文，她才恍然明白，告诉我那部电影在台湾的译名叫《怪奇孤儿院》。让我意外的是，这位传闻中气质偏冷的女生是个重度科幻迷，当我提起鬼才导演蒂姆·波顿时她立刻兴奋地打开了话匣子："他八成以上的电影我都看过！看完

《怪奇孤儿院》你一定要再去看看小说，三部曲我都读完了，好看！"

这样的她，和过去我通过媒体视野看到的她不太一样，谈及此事她也有所申辩："我可以表现得很'冷'，但我从不觉得自己是一个'冷'的人。和好朋友在一起的时候，我也会喝白葡萄酒，说很幼稚的话，他们还都觉得我很好欺负，像只猫一样呢！没办法，天生就长着一张不笑的时候比较严肃的脸，别人常常会觉得我在生气，其实真的没有啊。"

我让她给自己的幽默感打个分，最高分是 10 分，她竟露出一副很烦恼的样子，"怎么办？我觉得自己好幽默，9 分！"大笑几声后，她底气十足地继续说，"不过可别让我讲笑话。一提到你很幽默，就让你当场来讲个笑话听听，每次遇上这种情况，我都会大声地在心里问为什么，大概是我从小移民到澳大利亚的原因吧，我的幽默比较干，是那种……一本正经地酸人家的类型。"见一旁的经纪人嘴角有笑意，她干脆转过头当面问经纪人，因为没收到热烈的回应，她又皱了皱眉，改口道："来来，不要勉强，写实一点儿，那就 8.99 分吧。"

果然她有她自成一派的幽默。

在《离心力》这张新唱片里,《离心力》这首歌大约是在第九首的位置收到的。杨乃文和她的工作伙伴们颇有默契,大家一致认为这首歌够美够好听,专辑名也就自然而然地有了。但她执意强调"离心力"不是一个位于中央位置的概念,这些歌之间的关系,更像是一群恰好照面的散客,不过是在旅途中进了同一节车厢罢了。我问她这三个字要表达什么,她十分笃定地摇头:"音乐本来就是用来享受的,我觉得大家往往喜欢去做过多的分析。我承认做《女爵》那张唱片的那个时期,我确实想做温和一点儿的东西,而《离心力》这张唱片比较像云霄飞车,无非就是带着心情,起起伏伏,随它去吧。"这话是在形容一张唱片,但拿来用作总结如今的杨乃文对生活的理解和应对的姿态,似乎也并无任何不妥。

有人管她叫"独立女王",她自己则表示什么称号都可以接受,只要不是脏话便全不介意,但她还是摊摊手,一脸无奈地告诉我:"我一直都以为自己超流行,这已经成了一个笑话。我所有同事都知道,我判断是否流行这件事是最不准确的。每次我兴冲冲地说这首肯定会很流行,同事都对我很冷漠。同样的,当他们跟我说这张专辑里最红歌的应该是《推开世界的门》时,我也一点儿都不相信。"

你或许已然发现，其实对她来说无所谓独立与流行，用她拿手的冷幽默来形容便是"没人会希望用心做一张专辑，然后躲在厕所里放给自己听吧？我是唱歌的人，我就必须被更多人听到，至于其中有多少人会喜欢，那就不是我的事情了"。

近期她参加录制了一档让歌手以蒙面人的身份唱歌的真人秀，用独属于杨乃文的腔调去唱别人的歌，从上世纪80年代末的摇滚经典《花房姑娘》到90年代末那首焦虑而迷茫的《静止》，或许这是她被更多人听到的一个契机。

其实，这些年她一再地被邀约去参加诸如此类的节目，但她从未答应过。直到今年，她在杂志上看到一句话——"每个人都该去做一件让自己害怕的事情"，她当时很不屑，心想哪儿来那么多害怕的事情？谁知隔天经纪人就打来电话，欲言又止地说内地的同事想跟她商量一件事，她当时的第一个念头就是：又来了！结果原本同事们准备了一肚子的话根本没派上用场，她飞快地答应下来，那种气势甚至有些吓到他们，她说："因为我太了解我自己了，如果不赶快答应下来，如果再多想一个晚上，我肯定会反悔。"

"所以，遮住脸，以一个陌生人的角色唱歌的这种方式，让你有所放松吗？"

她顿时反驳我："完全没有，我甚至连彩排都是非常紧张的。我真的是一个很容易害羞的人，所以只喜欢远距离的表演。"

从以前到现在，摇滚对她而言始终都是一种精神，"不在于你唱快歌还是慢歌，或者是否是重金属，英文里不是有个说法叫 rock on（继续摇滚）嘛，我也常常听唱 Hip-Pop（嘻哈）的人讲 rock on 啊，它就和人一样，可以有许多不同的面貌。我想没人可以真正解释清楚什么是摇滚吧，就像没人可以判断或者解释某个东西是对是错一样。"

在她眼里，一个人如果在青春时期爱上音乐，就极有可能在余下的一生中都喜欢音乐，"在我成长的过程中我只听摇滚音乐、电子音乐、流行音乐、古典音乐，所以这几大类音乐对我来说是同一种东西。我弄不懂它们谁和这个时代的关系更亲密，所以在我眼里，它们都非常流行。"

告别的时候，我随口问道："圣诞假期一定安排好了吧？"

她微微点头，笑了笑，照例是一派轻松自在的口吻："去教堂唱圣歌是肯定要的，晚餐和好朋友以及她的家人一起吃，除非我平安夜喝得实在太醉。"不难发现，这位我从高中时代就开始喜欢的女歌手，经过那些起伏的岁月后，比当初用哀伤的嗓音唱"一霎风雨我爱过你，几度雨停我爱自己"的时候更舒展了，也更开心了。

　　正如当我问她现在如何看待爱情时，她聪明又简练，清晰却也模糊地回答——离心力。

李梦
爱的是直觉，
恨的也是直觉

这个从贾樟柯导演的电影里走出来的女演员，

有着希望得到所有人认可的野心，

同时也和大银幕有着令人羡慕的缘分。

她理想中的生活是：

一个院子，一只猫，一条狗，和一个男人，

就足够了。

看着李梦的脸的时候，你很难不注意到她饱满到发光的嘴唇。

在一张张平淡无奇的亚洲面孔里，她的确拥有一副很容易帮她跳脱出来的、看起来并不是无欲无求的长相。"我喜欢鲁妮·玛拉，她演的电影《卡罗尔》我很喜欢，如果有人找我演这样的题材，我也很有兴趣去演绎一个女孩喜欢女人的故事。"闲聊时，她一直这样告诉我。

年轻的女演员们并没有成为"垮掉的一代"，相反正一个接一个地靠着大银幕作品崭露头角，1992年出生的李梦便是其中一位。她在电影《夏天19岁的肖像》里饰演一位复仇少女，表面文静，实则暗藏一股不计代价的气魄。李梦说："我不觉得演这个角色有多困难，倒不是因为我自己的个性和她很相符，而是因为她的一切出发点都源于爱，所以我可以理解她所有的情绪。"

而抛开剧情不谈，李梦特别清晰地记得，十九岁那年的她，正在拍贾樟柯导演执导的电影《天注定》。在那部像当代寓言一般微妙的电影里，她并不是什么灵魂主角，穿着尴尬的比基尼，脸上化着浓艳的花旦妆，然而她眼睛里的不知所措带来的强烈冲突感，却让人过目不忘。

彼时的她正处于一种疯狂地渴望得到认可的状态。她说："我觉得就算不惜一切代价，也要让自己的能力在那次机会中得到最大、最好的体现。有一个词叫"开窍"，那个时候我不知道它究竟是什么意思，但在我战战兢兢地拍完《天注定》之后，导演走过来告诉我，我做得很好，然后我就哭了，因为我觉得自己终于得到了一份赞赏，似乎从此就自信了很多。"

我当即追问："你所希望得到的认可，是导演的认可吗？"

她果断地摇了摇头，快速地答道："所有人的认可。"

而同时她也轻描淡写地表示，她在电影里最终呈现出来的表演并不是她所想象的样子，但这部电影仍然是她的一个转折点。"在拍摄《天注定》之前，没人认识我，拍摄完之后，所有人都认识我了。"

"你是有天赋的演员吗？"

"不能说有天赋，但我和大银幕之间是有缘分的。很多人都爱电影，很多人都想做演员，但不是人人都可以拍到电影，更不是人人都能碰上一部能被大众记住的好电影。"

李梦回顾自己过往的作品，无论是青春片《少年巴比伦》里一直被男主角路小路追逐的厂医白蓝，还是警匪片《解救吾先生》中忧郁叛逆的绑匪情人，她始终是在诠释一些个性鲜活的女性角色。而说起以后的打算，她反倒很渴望能够演一个很没有个性、很没有爆发力的角色，"我觉得肯定会很难，因为演一个普通人真的很难，但我相信那会很精彩。"

在她眼里，站在风口浪尖的韩国女演员金敏喜就刚好具备这种特质。

"我是在电影《小姐》里第一次看到她的表演的，她身上有一种很普通但却让你无法忽略的独特味道。至于她和洪尚秀导演的感情，我不做任何道德上的评判，我只记得在今年的柏林电影节上，颁奖嘉宾宣布本届影后是金敏喜的时候，洪尚秀默默地看着金敏喜站在台上接受雷鸣般的掌声。当有主持人问他有什么感受的时候，他很简单地表示，那是属于她的时刻。我觉得当一个男人站在爱的高度上去赞美一个女人，并且是在柏林电影节那样的场合，那么他们的爱很可能已经游离出了男女之爱的范畴，怎么说呢，他们是需要彼此的。"

"你的大银幕上的形象里多少有性感的成分，你觉得什么样的女人是性感的？"

"大家对性感的定义还太肤浅，不是说你有了厚嘴唇，有了完美的胸部，再穿上很高的高跟鞋和很短的短裙，你就是性感的。性感来自于原始和真实的状态，比如天真烂漫这一点就很性感。有时候我甚至觉得，一个小女孩随意地穿着背心，在土里挖泥鳅的画面就相当性感。"

李梦最喜欢自己身上的一点，是直觉，而她最厌恶自己身上的一点，也是直觉。她说："我相信直觉，我是一个会跟着直觉走的女人，当下的反应对我的行为影响很大，所以这会让我很冲动，冲动就难免会造成一些负面的影响。"说到这里，她又转念一想，笑着松了口气之后继续讲，"但是也没关系啦，我所做的事情，毕竟是当时那一刻我自己想做的事情，况且改变自己是非常难的，我也不想试图改变自己。我甚至觉得如果人能够修正自己，其实是一件挺没意思的事情。未来的魅力所在，不就是它的那种未知性吗？"

而当我要她不考虑任何事情，闭着眼睛描述一种最理想的生活时，她不经过任何思考就脱口而出道："只要有一个院子，一只猫，一条狗，和一个男人，就足够了。"

《喜剧之王》《河东狮吼》《星语心愿》……

她赶上了香港娱乐产业的黄金时代，

因而我们的年少记忆里多少都有她的身影。

不可否认，

这个我心血来潮定下的标题听上去相当老派，

充斥着一股上世纪九十年代 TVB 台庆剧的味道，

但我并不准备做任何修改，

这个"勇"字，

张柏芝当之无愧。

激荡过，沉寂过，也短暂复出过，这一次张柏芝真的回来了。

二十年前，她还是一个涉世未深的小女孩，刚刚从澳大利亚的一所大学毕业回到香港，因为面孔格外漂亮而接到一支柠檬茶广告，自此之后的路有高有低，但总算是越走越宽。现在她成为了两个孩子的妈妈，在经历了种种负面新闻和相对平静的隐退生活之后，她再一次选择投入到工作中去。

今年，她重归小荧屏的电视剧《如果，爱》即将播出，除担任女主角外，她还身兼制片人。她说女主角身上散发出来的女性力量是最吸引她的地方，"她是一位特别有魄力的女性，在经历了很多困难之后，还可以独立且坚强地面对生活，这正是我想要坚持的品质。"

被问及现在复出拍戏，和之前相比心态上有什么变化时，她大大咧咧地直言道："我更加追求完美了，可能是我成熟了，对自己的要求会特别高。"

她拍过那么多电影，当我执意让她讲出哪一部对她而言最重要的时候，她没有不痛不痒地说每一部都是自己的作品，自己都很喜欢，而是很干脆地表示："还是《喜剧之王》吧。我是从零开始，进入了一部完全陌生的电影，一点一点把那个角色塑造出来的，现在已经过去了十八年，大家都还记得，这不就足以说明一切了吗？"

这两年，张柏芝陆续参加了许多真人秀节目的录制，她说："很多人都对我说，张柏芝你现在不拍电影了啊？只顾着上真人秀节目！讲了很多蛮难听的话，但其实就是因为他们这些反对的声音，才让我更清楚我自己为什么要参加真人秀，也让我更享受其中。"

她的耿直与多年前相比没有一丝变化，坦诚地说最早接受真人秀节目的邀约，的确是因为它的制作周期短，方便她照顾两个孩子，也可以多留点儿时间陪他们，但随着后来慢慢地接触了很多不一样形式的真人秀，听到了很多粉丝与网友的想法，有支持的也有诋毁的，这时她才更加清楚自己想要做的到底是什么了。

"我在电影圈工作了十八年，这十八年里都是在片场里演别人，活在别人的世界中。但是真人秀里的我，是我真实的样子，在那里我可以完全没有顾虑地把自己从一个固定形状的盒子里解放出来，不需要考虑太多。"

1999 年，张柏芝出了她人生中的第一张唱片《任何天气》，其中的一首《星语心愿》成为了 KTV 里经久不衰的必点曲目，随专辑一起推出的写真集里，她在夏日充沛的光线中看起来那样生动迷人，直到今天拿出来看，也依然是二十世纪末最令人怀念的画面之一。

我问张柏芝："如果现在可以和《任何天气》时期的你进行一次对话，你想对她说些什么？"

她斩钉截铁地说："我想对她说'请你帮我把拍那支 MV 的导演找出来，我想杀他，还有当时那位发型师，干吗要给我绑那两条马尾，然后还要拿着水母？'我要找他算账。"

顿时，酝酿许久的文艺气息被扫荡一空，这时你就会真切地感觉到，那个在周星驰的喜剧片中让你捧腹大笑的直爽女生，其实从来都没有离开过。

茶余饭后，关于香港娱乐产业的黄金时代的女明星的谈资，总是真假参半，但张柏芝有着无人可及的美貌，几乎是一件没有争议的事。

"美貌在你的人生里扮演着什么样的角色？"

她想了想，换了一种方式告诉我："起码从小到大，我从来都没有觉得自己的美貌可以帮到我，所以从十几岁初入社会，到现在当了妈妈，还都一直靠自己打拼。我可以问心无愧地说，我从没有利用我的美貌让自己的路更好走一些。"

当被问及如果化妆包需要精简到只留一样东西，她希望留下什么的时候，她毫不为难地选择了镜子，她说："倒不是为了看我自己漂不漂亮，镜子的用途是要'看着'自己，因为只有你自己才最了解，你心里想的是什么、要的是什么、面对的是什么，所以我们中国人总是爱说那么一句话：照照镜子看看自己。"

"从出道到今天，将近二十年过去了，你心底有什么遗憾吗？"

张柏芝沉默了一段时间，然后这样说道："在娱乐圈里，我得到了很多，但失去的更多。现在很多人觉得，张柏芝没以前那么好了，或者没结婚前那么好了，但我偏偏就是爱听那些话，这说明他们还在留意我哪里好、哪里不好，而且这也表示起码我在他们心目中，在某一个时期是非常好的。所以我现在比以前更努力，我觉得自己还有很多事情没做好，既然如此，那就继续加油工作吧。"

范冰冰

深知自己要什么，也知道去哪里取

范冰冰身上最动人心魄的东西是极致。

做女明星做得极致，

真遇上了她肯全身心扎进去拼一把的电影，

她的投入同样极致。

望着她你会觉得，

在生活的修罗场里，

深知自己要什么，

也深知该去哪里取的人，

即使只身而来，

也比谁都要有力量感。

走进摄影棚内，穿过围着她工作的十几号人，我看到范冰冰正极为快速地对着镜头，给出摄影师陈漫想要的感觉。经过二十年的锤炼，她太晓得如何展示自己的美貌了，她像一位眼光老辣的古董衣店主，进出的女客适合哪件衣裙，她全都了如指掌。

你能察觉出，她不是那种等着旁人告诉她应该干什么的人。不等陈漫帮她代入意境，她便掌握主动权，抬手、低头、侧身、扶眼镜……尽可能地试着把与衣服相符的情绪统统表达一遍。

范冰冰是一个发一张自拍都会被写成新闻的女生，她的十个手指都不去触碰争议，争议照旧如苍蝇一般在她身边绕。范冰冰身上唯一没有争议的东西是什么？大概是她无可挑剔的专业吧。拍摄在晚上十点开始，她已经接连拍了数本杂志，要说不疲倦肯定是假的，但光一打下来，她竟全无倦容，还不忘抓住换衣服的间隙做回老板，提点她工作室的姑娘如何处理现场遇到的每个小状况。

做女明星，竟是一桩体力活儿！

而一旦你和她的目光有了交汇，你便会知晓，"范冰冰"这个如雷贯耳的名字下寄居着的，其实是一个有温度的大女孩，任看客们对她有千百般面具化的臆测，她自有她的喜恶和小生活。

首先，她是个心很软的"猫奴"。一说起家里那只叫"丑哥"的猫，她就不自觉地展露出笑容，"就算它有时候做错了事，让我很生气，但只要它稍稍卖个萌，我立刻就会消气，也不忍心再怪它了，挺神奇的。养它一年了，每次收工回家，抱抱它就一点儿都不觉得累了。"

所有的动作、语言、表情都指向一个事实——这个大女孩正处在恋爱的状态中。恋爱之后，她变得爱运动了，李先生会督促她跑步、做瑜伽，这些运动让她的内心变得更强大的同时，也更柔软了。

当我让她细数李先生身上令她喜欢的男性品格时，她一副数不过来的样子："他懂得的事情很多，能回答我很多为什么，他喜欢小动物，他做事特认真……"你不会料到，动辄就拖着沉甸甸的裙袂，做倾国倾城的女一号的她，竟只想办一场非常小型的婚礼，她说："布置简单，好朋友和家人都在，就好。"

时髦肯定也是她绕不开的话题。范冰冰最近偏爱橘色口红，只用果香味的香水，且受不了激烈浓郁的调子。她有收藏帽子的癖好，维多利亚·贝克汉姆则是她认为最酷的女人。多年来她和防水台高跟鞋不离不弃，一直都是时尚博主们不肯放过的话题，对此当事人倒是笑得挺释然："能把防水台穿成一个标志也挺好，主要就是它特别舒服，我的工作需要站很长时间，走很远的路程，而且……穿久也有感情了嘛。"

是否很好奇女演员平时都看什么电影呢？除了经典的《西西里的美丽传说》《诺丁山》《花样年华》《大象》，范冰冰还推荐了朴赞郁导演的新作《小姐》，她说："我喜欢那些表现女性情感的电影，这些片子能让我有很多思考，这才是电影要做的事。"

拍摄过程中，造型师在她的头发上系了丝巾，这是二十世纪二十年代欧洲女影星比较喜欢的一种装扮，恰好与她在电影《我不是潘金莲》中演绎的裹头巾的村妇形成一个有趣的对照。提起这部刚令她收获人生中第二个国际A类电影节影后、又提名第53届台湾电影金马奖最佳女主角的片子，她诚恳地追忆："我的第一部电影《手机》也是与冯导和刘震云老师合作的，那部电影为我赢得了第一个电影表演的奖项，对我是莫大的鼓励。十二年了，再和冯小刚导演合作，有一种学生出去摸爬滚打了一圈，回来给老师交作业的忐忑。在圣塞巴斯蒂安听到得奖的消息时，我才终于放心，想着没辜负这份信任。"

"可以用代表作来形容《我不是潘金莲》在你演员生涯中的位置吗？"我一上来就提出这个稍显尖锐的问题，范冰冰倒也不打太极，话虽没说满，却也不失她自己的底气："对我来说已经可以算得上是代表作了，但对观众而言可能还算不上，毕竟电影还没上映。不过我相信，会喜欢它的。"

《我不是潘金莲》讲的是执念，一个被丈夫污蔑为"潘金莲"的女人，要为自己讨个公道，坚持申诉十多年，整个过程像多米诺骨牌似的，牵扯进来越来越多的人与事。

她说，这故事最吸引她的就是李雪莲这个有戏剧感且张力十足的灵魂人物："为了证明'我不是潘金莲'这么一句话、一个理，她讨了十年的公道，没有她这种旁人都嫌弃的偏执，就没有后面一件事变成了 N 件事的这个过程，也就没有这些人物，没有了这个故事。李雪莲犟到底的那个劲儿是很极致的，我对她的极致特别着迷。"

被问及自己和李雪莲在性格上的差距有多远时，她说："我们都有股韧劲儿吧。只要她不放弃，谁都拿她没辙，这一点我跟她挺像。要说差距，我可能不会用她那种方法去解决问题，更多的时候会先冷静分析，找到解决问题的最好的法子。"

这部电影于她而言，最难的一个命题是：你像不像李雪莲？于是，为了高度贴合这个生平没出过远门，却敢为了心底的一口气闯北京的江西女人，范冰冰不放过方言、肢体、神态，甚至小动作，"当时给我消化剧本的时间不到 10 天，我在我们住的宾馆里找了个本地的女服务员，请她把我所有的台词都念一遍，然后录下来，我就一遍遍地听录音。拍摄非常紧张，每天要起很早开始练，晚上收工再继续练第二天的内容。"

显而易见，如她痴迷李雪莲这个角色的极致一般，这个大女孩身上比美貌更动人心魄的，也是这种极致。做女明星做得极致，真遇上了她肯全身心扎进去拼一把的电影，她的投入同样极致。

关于这一点的另一个例证，是当我让她假设如果此生没有做演员，可能会做什么时，她想都不想地摇了摇头，"我最初就是想要做一名演员，没想过除了演员还会从事其他什么职业，能做自己最喜欢的事，我知道我很幸运。"

于是，望着她那张比周围绝大多数女人都要小且白皙的脸，我会觉得，在生活的修罗场里，深知自己要的是什么，同时也深知该去哪里取的人，即使只身而来，也比谁都有力量感。

白百何
选自己最想过的一种
生活，并为之负责

大家一直都在谈论"小妞电影"，

一直都在期待白百何有所突破，

但她本人却告诉我，

演员处在一个被动的选择过程里，

她所能做的就是在当下收到的剧本里，

找到最打动自己的那个故事。

2017 年春天，经过了一段时间的蛰伏，一边埋头拍戏一边积蓄力量的白百何，再次陷入了与镁光灯热恋的宣传期。

由徐静蕾执导，白百何与黄立行担任男女主角的新片《绑架者》正在电影院热映。常年在各种时髦轻盈的女性角色之间转换的白百何，在《绑架者》中饰演一名重案组警察，这是她第一次有这么多近身搏击的打斗戏份，因此吃苦头是在所难免的。她坦言自己在电影开机前的两个月就开始进行体能训练，突破自我。好在她骨子里就是一个可以做到举重若轻的女生，现在回首那段煎熬的时光，她幽默地将它形容为"解锁了一项新技能"。

除了体能上的挑战，这部电影中需要呈现出来的内心戏，同样分量不轻。说起来这是在生活中早已做了多年母亲的她，第一次在大荧幕上演绎母亲这个角色，"林薇其实和包括我在内的大部分现代女性一样，有自己的事业，但同时她也是一位妈妈。警察这样的工作有它的特殊性和无奈之处，因此她很少有时间陪女儿，突然间女儿被绑架了，她在焦急之余还需要保持职业操守，一方面濒临崩溃，另一方面又要强迫自己恢复理性。对于我来说，这种撕裂的冲突感，就是拍摄这部戏最难的地方。"

其实白百何和徐静蕾已经认识十多年了，双方都一直在等待一次合作的机会，这也是《绑架者》带给她的另一重收获。她说："老徐是一个特别聪明的女生，她这种聪明不仅体现在工作中，有很多人说她是独立女性的代表，我觉得独立女性就是有独立的思想，能选择自己最想要的一种生活，并有能力为之负责。她的确就是这样的啊，工作的时候非常专业，有她自己不可取代的想法和掌控力，我打心底喜欢和她这种把每件事情都能做到极致的人合作，因为我自己也是这样的人。"

　　无论她本人愿意与否，"小妞电影专业户"这样一顶帽子的确已经戴在她头上好几年了。

　　当被问及为一个警匪题材的故事付出这么多努力，是否也是想要证明自己身上有更多可能性的时候，她十分清醒地摇了摇头："大家一直都在谈论'小妞电影'，一直都在期待我有所突破，但其实我从来都没有刻意去想过这些事，因为演员处在一个被动的选择过程里，我能做的就是在当下收到的剧本里，找到最打动自己的那个故事。虽然极有可能你在某段时间里收到的都是相同类型的故事，但是我想即便如此，每一个故事里的人物也都有不同的经历。把每一个角色都当成是一次崭新的创作，是我作为一名演员的分内之事。这次和老徐合作《绑架者》这样一部警匪题材的电影，大家可能都觉得我是卯足了劲儿想要突破，但是实际上我并没有想那么多，而且我从来不会为了突破而去选择一个角色，最先打动我的一定是故事和角色本身的光芒，选好之后我就尽我所能地把角色诠释得饱满，仅此而已。"

"近几年中国的女导演们也正有一种集体崛起的迹象，包括徐静蕾在内，你已经先后与几位女导演有过合作，在和女导演一起创作电影的时候，你有什么比较特别的感受吗？"

她稍微想了想，比较温和地驳斥了我这个问题的立意："她们都非常专业，而且相对于男导演来讲更加细腻，但我觉得在执导电影这个领域里，大家都是拿自己的作品说话，我通常不会因为对方是女导演就有什么不一样的看法。在我看来，当有一天我们谈起导演，没有人再用性别去做分类和比较，那才是女导演们真正得到平等而自然的对待的时候。"

近期，白百何还在一部名为《外科风云》的医疗剧中饰演了一位医术精湛的胸外科医生。因为整部剧的绝大部分场景都取自医院，那种封闭而有限的空间让故事的真实感和代入感得以翻倍，她也因而在塑造角色之余，逐渐体会到了医生的责任之重大，以及需要时时秉持原则的不易。

在拍摄《外科风云》时，刚好碰上郑恺到医院看望一位刚刚做完开颅手术的小影迷，那天她也在现场，那个女孩的脸上自始至终都挂着笑容，这让她深受触动、记忆犹新，"经历了那种常人难以承受的痛苦，却依然可以温暖地笑出来，这种生而为人的本能力量特别触动我。我觉得医生的内心必须要很强大，因为在治病救人的过程中，除了专业的技术问题，他们本身也承受着巨大的心理压力，更不要说他们在履行职责的同时，还要坚持该有的原则与底线了。越是靠近他们的生活，我越是发觉，医生不是一种简单的职业，他们所承担的也不是一份普通的责任。"

"影像之外，声音自成一章。我们在路过时遇见，在倾听时表达。你喜欢的声音，会帮你找到同类，我是白百何，这里是我和你的'何她说'。"

或许你对白百合的固有印象只是演什么红什么的票房女王，但就在现在，只要你按下手机上的播放键，就可以惊喜地发现白百何正以一名 DJ 的身份出现在独属于她自己的电台"何她说"中。是的，在这样一个连享乐都讲究速度和刺激的时代，光是听到"电台"两个字，就会让人感觉到一些被遗忘许久的情怀隐约有了复苏的迹象。

别以为她只是一时兴起，玩票而已，这档温柔的有声节目从三月开始每逢周三都会在她的微信公众号上推出一期，至今没有间断，这位习惯了用肢体语言表达情绪的女演员回归到了用干净简单的声音去表演的状态。

在这档有声节目里，白百合像一位敏感而聪明的女作家一样打开了话匣子，内容从独立关系的重要性、女性之间微妙的战争，到爱情与面包的取舍和得失、坦然面对容颜老去的心理课⋯⋯几乎囊括了当下女性情感生活的方方面面。她说："声音是一种比较内敛的情感表达，我自己很喜欢，所以私心也是希望女生们能在这短短十几分钟的节目里感受到温暖，就像是在和亲密的朋友或者自己的内心进行一场不设防的对话，如果我说的内容能引起她们的一些共鸣或者思考，那就是我最开心的事情了。"

除此之外，白百何还在这家小小的电台里记录了自己的城市声音日记，目前这本日记已经陪着她去过巴黎、上海、成都、北京等等每一个她停留过的地方，她说："因为工作我常常要去到不同的城市，我希望它能记录下我在每座城市里的心情，就像小时候写日记一样。"

　　在真人秀《向往的生活》里提起儿子元宝的时候，白百何不经意地说过一句"早晚有一天，他会学会变通的，那不如先教会他遵守承诺吧"，没想到这句话竟然戳中了很多人内心最柔软的那个部分。当我提起这件事的时候，她落落大方地分享起自己当时的心境来："小孩子的世界是很单纯的，而且他们思考问题的方式也和成人不同，有时候你问他们一个问题，他们给出的答案，会让我们觉得生活应该就是如此简单而纯粹的，所以我们俩之间一直都是互相学习的关系，说了你都不信，在家里我都是叫他元宝哥的。"

　　英文里有一个词汇叫做 workingmom，就是用来形容像白百何这种需要兼顾家庭和工作的女性的，她们往往比全职妈妈的压力更大，肩上的担子也更重。而天性耿直乐观的白百何倒是觉得，元宝的成长和她的工作之间没有什么实质性的冲突，"全职妈妈也好，职业女性也好，在我眼里同样都是一份伟大的事业，而且现在有非常多的女性，都是在兼顾事业的同时，还要照顾家庭和孩子，所以我们都一样，在适应、在成长、在努力。不拍戏的时候我都会和元宝待在一起，一起做各种事情，而且我们的关系比较像朋友。"

"最后分享一下，你有了元宝这么多年，举手投足之间依然充满少女感的秘诀吧。"

她很放松地笑了一下，简简单单地告诉我："一切都是自然的流露，最重要的是那是你自己舒服的样子，那是你自己本来的样子，喜欢你的人喜欢的就是本来的那个你，不刻意迎合世界的女人最可爱。"

相信你也不难发现，在白百何的心里，"女性主义"远非一句模糊的口号，相反，它始终都有非常清晰的具象：你要思想独立，对工作充满独一无二的想法和掌控力，尽管去选你自己最想过的那一种生活，只要你有能力为之负责，便已经足够了。

桂纶镁
我从未失去理想

"企图心到了这里，

自己却还没走到这里，

这是我们都需要面对的一件事。"

桂纶镁是这样跟我讲的。

桂纶镁最近在看《江上的母亲》这本书，那些和时代贴得很近的短小篇目充满了人情味，让她觉得平静温暖，也恰好和她当下的生活不谋而合——没什么波澜壮阔的事情，却时常给自己创造一点儿浪漫，比如喝喝小酒、买买花、散散步、跟爱人撒撒娇。

　　如果用审视女演员的眼光来看她的话，她比较像一位风尘仆仆的归人，刚回到故地，离开时脸上那一抹受困于片场的疲态，现在已消散了大半，而是否急于重新出发，在她这里还是一件有待商榷的事。

　　至少我们可以知道的是：去外面的世界走一走，对她而言相当重要。

　　她乐于在荒凉的地方看风景，城市以外的地方总能令她兴奋，爬过山、穿过沙漠，趁身体还很强壮，徒步走很远很远的路，旅行于她真的不止是一种娱乐而已。几年前去往埃及的那场旅行，至今让她难忘，而现在她最想去的地方是印度，虽然许多人跟她说那里很危险，新闻也时不时地报道女性旅行者被性侵的案例，但她还是非常渴望一个人出发，这也是她的一种特质——性情温和善良，但任何人都很难改变她内心的决定。正如她曾经在一段采访里讲的那样，她想腾出一个月的时间去中南美洲做背包客，她的父亲看完采访之后非常担心，连着几天都无法入睡。

"因为台湾本身很小，你经常会把自己圈禁在一些很小的烦恼里，不知不觉地就打上了死结，只有走出来你才会发觉，世界真的好大，自己是如此的庸人自扰。"桂纶镁轻声说。她跟我回忆起她在凌晨时独自走过意大利街头的经历，"原本我一直都以为自己已经足够勇敢了，直到我出于本能地奔跑起来，我才知道，我还是会害怕的，这一面的自己是我以前不认识的。"

当谈起她给自己放了一个长假的深层原因时，她这样说："前两年我的确走到了一个关卡，花了太多时间拍戏，想听的演唱会没有时间去听，好的电影抽不出时间去看，朋友们出发去旅行了，我没法和他们一起……于是我开始感到恐慌，而且当时我看到了一种完全不同于我自己表演的表演体系，谈不上孰高孰低，但这的确让我有些不知所措，总之所有的事情都让我决定，慢下来。那一年我去了很多地方旅行，还回法国上了表演课。"

的确，整个 2016 年，花了些时间四处散心的她只有一部《德布西的森林》公映。如果用最洗练的语言来梳理的话，这个充满实验意味的故事由两个女人和一片森林构成，人在活得筋疲力尽的时候总想把逃离一切作为终结和救赎，而所谓的真实的出口究竟是什么，似乎仍然是一个丢给全体现代人的问号。迟缓的讲述手法、避世的命题、德彪西的音乐、大量的空镜，以及导演一手构架的入口相当狭窄的情绪空间，都使得这部拍起来很不容易的作品，受到了意料之中的冷遇。人们走出电影院后都发表着大同小异的观感，无非是桂纶镁的演技如往常一样扎实，但他们真的不明白这部电影究竟在讲什么。

"这可以理解为是艺术片的宿命吗？"

面对这个问题，她坚持己见："每一次拍电影时，我都很希望我能通过这部电影和观众沟通，但即使是一段舞蹈表演，也绝不会是每个在场的人都看得懂的，比起理解它，单纯地感受它比较重要，感受到了，就好了。纵然有很多人看不懂或者不喜欢《德布西森林》，但无论是我，还是导演以及整个剧组，我们的心里都非常满足，因为我们为了一部电影去了台湾所有的森林，我们在拍摄过程中没有留下任何一点点东西，我们非常理想性地去完成了这件事情，只要某一天，可以在一部分人心里留下一些感觉，就很好了。"

当然，这样的选择，桂纶镁并不是在当下才做出的。2000年的夏天，还在念高中的她在西门町被导演相中，于是成为了《蓝色大门》的女主角孟克柔。聊起这部大银幕处女作，她最怀念的不是自己稚嫩素净的面孔，也不是郁郁葱葱的校园情结，而是当时的电影创作环境，"那是一个非常纯粹的创作环境，所有人的心思都没有放在票房的多少上面，也没有想从里面得到多少利益，大家都是真的热爱电影，所以才投注很多心力在一个budget（预算）并不是很多的故事里。我做演员十几年了，仍然一直希望自己可以维持在拍《蓝色大门》时的那种状态中。"

　　我们都无法回避，这是一个像样的电影愈发稀少的时代，理想主义者们更显落寞。同时，正如桂纶镁所认为的那样，这不是艺术片与商业片的归类，撇开类型之分，或许在十五年前，拿出一部娱乐性非常高的作品，它同时也是一部经得起艺术检视的好电影。

　　而桂纶镁却并没有把心里的失望过分归咎于这个时代，"电影说到底就是工业，工业里的某一环一定是有商人这个角色的，而商人对电影的思考，当然会落在利益上。当这样的电影多了之后，观众的口味渐渐改变，也是很自然的事。但人们对艺术的审美本来就是流动的，是起起落落的，我相信一段时间之后，有意思的电影肯定会重新回到我们的视线里来。"这一份对于女演员来说多少显得有些闲云野鹤的心性，也被她投射在创作和得奖之间的关系上。2012 年，与好朋友张孝全一起主演的电影《女朋友男朋友》让她成为了金马影后，但颁奖的那一天，她却始终无法进入状态，因为当时她还深陷在拍摄《白日焰火》的情绪里，潜意识里觉得金马奖和自己没什么关系。但是，桂纶镁同时也很自然地表示："我不会说我不需要奖项，更不会说我不在乎，得奖对我来说当然是非常非常大的鼓励，而且这使得我在很长一段时间里都带着一股后劲儿反复地怀疑和思考，我演得真的足够好吗？好在哪里？哪里不好呢？"

无论从哪方面来看，《女朋友男朋友》对桂纶镁的意义都不止是完成一部作品而已，此时此刻讲到她饰演的美宝和张孝全饰演的阿良之间的感情，她表述得很长，也很完整，"在美宝心里，她对阿良的依赖不尽然全是爱情，他更像是一棵大树，美宝会时常想要靠一靠，但又觉得他看起来已经很累了，因此也不敢把自己整个人的重量都落在他身上，甚至有一天美宝过世了，她会希望自己的骨灰能埋在这棵大树下面，通过阿良的身体长出新的希望。这也就是后来美宝把自己的小孩交给阿良来照顾的原因。"这时候，桂纶镁看上去相当投入，神情里夹杂着一种脆弱，让人仿佛能看到一双朝着喜欢的人伸出的手，有一点点想缩回去，却又不甘心就这样缩回去。

在 2017 年年底上映的电影《巨额来电》里，这对旁观彼此成长的老友再次演起了对手戏。相熟多年培养出来的默契自然不必多言，难得的是每一次有了新的角色，他们之间仍然会保有一份新鲜感，"我们的表演观念很接近，所以我可以很放心地把自己交给他，我相信他也是一样。当你充满信任地把自己交出去的时候，两个人之间戏剧的交流才会丰富。"

然而默契程度再怎么深厚，也有发生意外的时候。电影里有一场逃难的戏，桂纶镁太投入其中，因此没有把握好动作的节奏，高跟鞋后跟不小心踢在了张孝全的额头上，当即就留下了一道伤痕。聊到这里，她也没有用"情绪太过沉浸在角色里"来为自己的小失误开脱，反而诚恳地说："我对他很抱歉，而且我也总是在拍戏时把自己弄得一身伤，这次还缝了八针。无论如何，保护对手演员也是我的责任，我必须要改变。"

除此之外，桂纶镁在《巨额来电》里给自己安排了一门新功课——演好一个反派。听起来她已然收获颇丰，"其实反派不是绝对的。我们总认为反派就等同于坏人，但其实反派在做任何事情的时候，也都是发自内心的，甚至以为自己是非常正面的，这很有趣。"

她至今仍然讲究心动。

我问她爱情在她心底是何种模样，她只用七个字来描画——无可抗拒的心动。巧合的是，当被问到挑选角色时心里的标准是什么的时候，她依然这样回答："心动最重要。这个角色必须让我迫不及待地想要成为她、经历她、理解她。"

接下来的日子，她很渴望能演一部真正意义上的制作精良的传记电影，在非虚构范畴的表演上，她的挚爱一直都是玛丽昂·歌迪亚主演的《玫瑰人生》。人们的固有观念认为传记电影给演员的自由发挥空间没那么大，因此不太容易出彩，桂纶镁却并不担心这一点，"或许表演空间的确没有那么大，但难度一定是更大的，刚好我喜欢做不那么容易的事。如果所有剧情都是虚构的，你可以自顾自地往角色里添加任何符合你想象的、有利于你表演的东西，这样一来，就比较容易让角色变得鲜活和丰富。但是如果要在有历史限制的条件里创作一个非虚构角色，你就必须时刻模仿和揣测那个已经存在的人物，进而让自己无限接近她，想想看，多么有意思。现在我希望自己是没有表演方法的，或者说，至少是看起来没有表演方法的。当我在看一部纪录片的时候，我会忍不住希望自己的表演可以像纪录片里面的人一样，他们为什么能非常触动人心，却又能做到不动声色呢？因为他们是真实的呀！我所追求的，就是让观众感觉到我饰演的角色是一个真实的人。"

当然了，最后的最后，她仍然留有一份清醒的认知："但是呢，企图心到了这里，实际上自己还没有走到这里，这也是我们做演员的需要面对的一件事。"

年少时，桂纶镁在巴黎做过一年的交换生，迷茫时也曾重返巴黎读表演课，这座古老的都会几乎和她的成长密不可分。她用一种很欢欣的口吻告诉我，她很幸运地看见了巴黎的两种面貌。最早去读书的那一年，她住在很一般的房子里，买回来一条法棍需要切开来分好多天吃，每个月只有一天允许自己享用一顿十三欧的大餐，并非是家里无法给她经济上的支持，而是她规定自己那一年的学费和旅行的费用只能花那么多钱。而在做了演员之后，她大多数时候都是在时装周期间去巴黎，住最好的饭店，吃米其林餐厅的食物，看一个截然不同的世界。这种反差在她心里产生一种很微妙的感受，"我能够理解别人眼底浪漫奢侈的巴黎，同时我也知道在那背后，有许多普通人在很辛苦地生活。"

"你对性感的理解是什么？"

"讲起来也许有点土，"她笑了笑，继续说，"我觉得善良的女人才最性感。你心里是善良的，脸上的表情和肢体的感觉就不会是邪恶的，因为你脑袋里压根儿没有这种东西。当一个女人看上去舒服又柔软，让你很想要一直拥抱她的时候，她就已经很性感了。"

这种想法恰好印证了她曾经做过的一个心理测试，她在测试里描绘过这样的画面：一头母豹躺在空旷的大草原上，和煦的风吹过它的身体，它骨子里自然有作为一头豹的强硬，当它需要站起来的时候是会站起来的，但这一刻它选择松松软软地躺在那里，不带有任何攻击性。

现在的桂纶镁，身上依旧隐约可见一个理想主义者的种种坚持，却已经不太执着于忠于自我这样一个从青春期开始就伴随大多数人的命题，"其实只要你有非常在乎的人、事、物，就很难忠于自我。渐渐地，这也不再是我的人生追求了，因为是我自己选择在乎这些东西的，有时候你忠于自我会伤害身边的人，而我不要伤害他们。"

姚晨

要有人爱我，
我也要爱人

有了一双儿女的姚晨，

依然对许多事情怀有原始又清晰的视角。

比如想看一场电影的时候，

就要去电影院细赏，

再比如珍视与家人的每个纪念日。

她说仪式感可以很小但仍需存在，

要有人爱她，她也要去爱人，

缺一不可。

开始采访前，我试着和姚晨聊了一个假想话题：不受时代和地域的局限，选一位与她对戏的最理想的男演员。

她轻声笑，经过漫长又郑重的二十秒后，才格外笃定地说："是在上世纪 80 年代演了旧版《故园风雨后》后开始崭露头角的英国男人杰瑞米·艾恩斯，那感觉……真是从小就喜欢他的戏，虽然他现在很少演了，但在我心里始终没几个人能比得过他。"这就是偶像的意义吧，无论何时被提起来，都会令人不自觉地加快语速，就像忽然从一把沙土里淘出颗绿宝石似的，眼里会闪出点别样的光来。

接着我谈到本月要上映的贺岁片《西游·伏妖篇》。她在其中演一位雌雄难辨的国师，乍一接触似乎很难用理性的角度去看待这个角色的癫狂和混乱，但她还是义无反顾地接下了。用她的话讲就是：徐克导演，周星驰监制，这样五十年能等到一次的两位天才的碰撞，想不令人好奇都难。她表示："我也是看着周星驰的电影长大的万千观众之一，他的的每一部电影我都如数家珍。当初在《武林外传》里演郭芙蓉时，多少也受了他的喜剧风格的影响，所以这次能参与其中，对我自己来说充满了意义。"

"其实我一进组，就拍了最重要的一场戏。就那么一场戏，我一个人在绿布前拍了足足有 20 天，没有任何对手演员，非常孤独地对着一只粉色的气球演独角戏。在一个极度无厘头的世界里，我常常会不知道自己在演些什么。徐克导演在现场时话很少，他只会交给你一项任务，但不会告诉你为何要这样做，于是我只能照做。所以其实这个人物演出来到底会是什么样的效果，我并不知道。"

听姚晨平静地讲述她拍这部电影时记忆最为深刻的一场戏，我才恍然惊觉，原来喜剧的完成过程，更像一场历经九九八十一难的修行。你需要留住体力，耐住寂寞，一句台词一个走位重来无数遍，但这也都只是幕后的故事罢了，到了屏幕前，你仍要打起精神，眼角眉梢都沉浸在那份设定好的荒唐里去，看上去像一段转换自如的即兴脱口秀，只有让观众露出发自内心的笑容，这事才算成了。

在下定决心学表演之前，姚晨也曾用力地追逐过舞蹈，但现在回头望去，她可以很温柔地讲，她和舞蹈之间的关系并不是热爱，否则也不会转而去考电影学院做一名女演员了。她说："我放弃它，正是因为我看清楚了，我和舞蹈之前的关系更像是一段单恋，那时我是爱它的，但它也许没那么爱我，我还是在演戏的时候更得心应手。"

这个已经有了一双儿女的女人，用全然不同于屏幕上的那种自带喜感的语气告诉我，这些年从她身边流走的时间的全部意义是，让她更清楚自己是谁了。而当被问及她认为自己在演戏上有什么样的天赋时，我终于看见了《武林外传》里那个快乐而侠义的郭芙蓉，"她"的某一部分仍然活在她的身体里，"我的长相很容易让人记住啊！真不是开玩笑的，考电影学院那会儿，老师跟我说，做演员，长得有特点就是你最大的一笔财富。"

时至今日，姚晨仍然对许多事怀有原始又清晰的视角。

作为知名摄影师，她的丈夫时刻都会抱起相机，记录她和孩子在一起的画面，而对于这令人羡慕的"特权"，她的感受倒是简单明了，"你会发现原来自己可以这么美。"又或者当她想看一场电影的时候，她就一定要去电影院细赏。正因为自己是一名女演员，她更明白呈现这一门艺术需要付出多少精力，一大群人为了一部电影不断地研究机位、研究打光，在片场中反复磨合，如果自己没有完全感受到最终的效果，那便是一种浪费。

仪式感，于她而言也是一件很重要的事。在多数母子间已不再有关乎针线的情感连接的今天，忙碌的姚晨还是会抽出空来，在儿子土豆第一天上幼儿园之前，连夜在土豆的小书包上缝制一颗蓝色的桃心，又用明黄色的线仔细地绣上了他的名字。许多年前，在姚晨初上托儿所的时候，她的母亲也同样在她的衣服上和手帕上绣上了她的乳名"圆圆"。

谈到这里，她大概是心有共鸣，渐渐有了些滔滔不绝的气势，她说："仪式也好，仪式感也好，我始终觉得它可以很小，但不能没有。就拿结婚仪式来讲吧，现在一部分年轻一代的人可能会觉得，他们什么都不办是很酷的事情，但这种仪式从古至今都有，存在即合理，它是我们向自己周围所有的社会关系宣告的一个态度，更是给自己的一种心理暗示。的确，没有这种仪式，也有很多很多人牵着手一直走到老，但当感情出现问题的时候，人在潜意识里就会觉得在一起很容易，分开也很容易，所以我始终相信，仪式是可以给一段关系加码的。"

姚晨说，一个不经意间，细碎却又真实的幸福感就会落在她头上。常常是她在卧室待着，土豆一蹦一跳地过来，默默地将一块零食塞进她嘴里；或者是母子一起外出时，只要看到前面有车，土豆就会迅速地把她的手拉得更紧一些，告诉她：妈妈你慢一点儿走。

我好奇地问："那当他不太乖的时候，你对他的掌控力大吗？"

她当即就摇着头笑起来，随后幽默地反问我："他现在哪儿是我能掌控的？我压根掌控不了他。况且，让孩子变得太容易被控制，对他的人格建立也不一定好，虽然在他很吵闹的时候，我内心也会希望可以立刻让他老实一点儿。这个时期，先让他自由地去生长吧，毕竟他本身就已经是一个非常敏感的孩子了。"

在去年 11 月份，姚晨产下小女儿茉莉，由此成为两个孩子的母亲，随之而来的一门新功课就是如何调解兄妹俩的关系。她用"动物的自我保护本能"来形容两个孩子之间时常会有的小摩擦，也坦诚地地承认这真的挺难的，她还在一点点学习。

"如果把你自己形容成一种植物，你会是……"最后，我照例问了个具有浪漫主义色彩的问题。

此时，她的脸上已经化上了精致的妆，早上裹着巨大的围巾进来时的那种忙碌仓促的气息被隐去了大半。她在化妆镜前伸了个懒腰，然后走向有自然光透进来的落地窗前，没有多做什么思考就告诉我，她还是想当家乡的那棵大榕树，"从小我最信任的就是那棵大榕树，它不高，也不矮，非常粗壮，太阳一晒它就会散发出一种很淡很淡的香气，老人都说那气味儿可以驱蚊子。大榕树身上长了很多胡须，在很多很多个好天气里，我都拽着它茂密的胡须荡秋千，玩儿得累了，还可以靠在它下面打个盹，和它在一起的时候，我心里是那样的踏实。从那个时候开始，我就想成为一个能让别人感到踏实的人。"

"所以在一段关系里，你更倾向于充当保护对方的那个角色吗？"

她咧开嘴笑的时候依然会露出洁白的牙齿，给我的答案也很清晰：要有人爱我，同时我也要爱别人，缺一不可。

宋佳

这姑娘，像极了一位青少年

拿痛苦作自我延伸，

用心保护好做演员的那份感受力，

偶尔放纵一次喝个大酒，

却仍然可以收拾好她自己的生活，

并且时刻都怀有往前再迈一步的热情与力气，

这就是宋佳的迷人之处。

宋佳刚从巴黎回来不久。这次她住在巴黎歌剧院对面，抵达巴黎的第一天，因为有时差，所以很早就醒来了，她独自下楼晨跑了一小圈。飘着雨的老城又湿又冷，却仍有一种令她倾心的新鲜感。

别以为她只对一座城情有独钟，"让我久处不厌的地方那可多了，我的性子还是最像北京，骨子里有传统的根基，但我是一个对新的东西不抗拒、时刻愿意张开双手当先锋的人。洛杉矶我也爱，阳光灿烂，人人都放松自在，很少需要考虑自己时髦不时髦。还有上海，它像个小姑娘，上上下下，胜在精致。"

说这话时，她尚未开始一天的工作。她身穿乳白色针织衫，歪着头，十分慵懒地趴在长沙发的一端，干净到能瞧见毛细血管的脸浸在四月明晃晃的日光里，头发被晒得有了一丝热度，像极了老电影《春天不是读书天》里马修·布罗德里克饰演的那个爱逃课的青少年。她的确有一身利落的少年气。

这样一个女生，多适合当世界的爱人，她善于抓住一个人值得爱的地方，对城市也是这样。

在路易威登的时装秀上，宋佳和法国国宝级女演员伊莎贝尔·于佩尔坐在同一区域，这让她激动得像个孩子。从几年前在迈克尔·哈内克导演的《爱》里客串一对老夫妻的女儿，到 2016 年出演艳惊四座的电影《她》，这位法国女人一直令宋佳痴迷不已，"我的座右铭是知廉耻懂敬畏，所以全程都不好意思抬头，只能时不时地透过模特身影的空隙偷瞄她几眼。"

"变心了？上次在杭州采访时你还跟我说只爱梅丽尔·斯特里普呢。"

她立即笑着辩驳："对梅姨依然是真爱，但那也许就是法国女人和美国女人的区别吧。梅姨的美像是一座山，气场震慑人心，但在生活里非常亲和，把锋芒全留在大银幕上。于佩尔则更像是水，质地特别轻柔，穿一件皮夹克坐在那儿，仿佛根本看不到我们这些人在哪儿。但这两种美都是后话，她们俩身上最光芒万丈的地方，还是在于她们身上都有为了电影什么都敢尝试，也什么都做得出来的那种劲儿。遗憾的是，亚洲文化对女人的年纪有天生的恐惧感和距离感。其实好的演员可以走很远，光泽也会随着时间变得愈发好看。"

"你钦佩她们为电影做的哪些努力？"

她想了想，微微摇头："似乎也不好说成钦佩，她们真的就是做了演员该做的事。我们的大环境导致现在一有人这样做，大家的反应就是崇拜和嘉奖，说到底不过是分内工作啊。"

宋佳口中的分内工作，让她在拍摄娄烨导演执导的《风中有朵雨做的云》时，整整拍了十几场大夜戏。她自己回忆起来时，口吻倒很轻盈："拍《师父》那会儿我也拍了十几场大夜戏，经常天黑了开工。我记得有一次我和廖凡一起拍到早上七八点钟，想着不如一块吃个早饭吧，那种时候总是特别困倦，但因为刚完成了一段戏，精神又特别亢奋，正巧下了点儿雨，我俩就在天津的路边摊吃了煎饼果子，聊了聊下一场戏。我喜欢那种老派的快乐。"

拍《风中有朵雨做的云》时，宋佳经常会绷不住情绪，有好几次她完成一场戏就跑去小屋子里躲起来，想起自己身上还装着无线麦，怕被收音听到，就先憋住眼泪把它扯掉，然后再捂起脸哭上一会儿。这次，她与这个来自广东小城市的女性角色经历了相当漫长的相处，从十几岁的少女演到四十岁，在电影的后半段，她甚至演起马思纯的

128

母亲。相差甚远的人物背景也好，巨大的年龄跨度也好，对她而言都太难了。

"我现在一听到广州两个字，心里都犯怵。我再也不愿意回那个片场了，甚至这辈子都不想再经历第二次那样的拍摄，那个故事和角色都太痛苦了。我好几次跟娄烨说'你真是一点儿都不爱女人'，和徐浩峰完全不同，徐浩峰骨子里是很爱女人的那种导演，而娄烨在那部电影里所做的事，就是把我所有的尊严和美好统统都打碎，我又恰恰是一个特别需要爱旳人，所以我在那种极度压抑的现实题材里透不过气来。"

其实娄烨好多年前就想要找宋佳拍戏，只是一直没遇到合适的机会。这次他找到她时，连剧本都没有，直接给她讲了个故事，然后意味深长地看着她笑，意思是：宋佳啊，这么来劲儿的角色你敢不敢演？宋佳说："我是一遇上感兴趣的角色，浑身汗毛都会竖起来的那种人啊，立马就答应他了。当时我觉得娄烨太大胆了，我就爱和大胆的人一起玩儿，你都不怕，我怕啥？面对缩手缩脚的导演，我反而会觉得不带劲儿。"

沉浸在角色的情绪里出不来的时候，宋佳唯一的自我修复的方法是睡眠。她直言向来对《爱乐之城》这一类的甜腻电影不太感冒，她宁愿看残酷的作品，只因为残酷最能够直抵人心："形式感的东西做得再好也很难打动我，它对我起不到什么安慰作用，如果我还能从那样的东西里汲取安慰，我一定是还没长大，内心还在喝奶。这就是我喜欢娄烨的地方，他不是要你演戏，他是要你跟着那个角色一起重活一遭。"

　　拍电视剧《四十九日·祭》那阵子，她每天见到的都是生生死死的瞬间，看看资料都觉得触目惊心。她曾跟胡歌说过，选择这样题材的电视剧的演员真该被格外尊重，你必须在亲身体验了一些东西之后，才能带给观众一些东西，这是演员必须要背负的命运。她说："我习惯了报喜不报忧，不太愿意和别人分享自己脆弱的一面，但我也没觉得自己心里有积压什么负面的情绪，我的心思简单，偶尔放纵喝点儿大酒，自己化解得也挺好的。"

　　我好奇地追问："拍痛苦的电影，探究到的意义是什么？"

　　她笑了笑："让我更清楚，我不要这样的生活。坦率地说，我出道以来拍过的所有电影，杀青后我都知道它会是什么样，但对这部戏我却很茫然。它有很多条故事线，剪辑方法也不止一种，我不知道娄烨会奔着哪儿去，但无论最终呈现出来的效果是什么样，它都是我近两年拍的戏中最难的一部。我其实挺迷恋被人逼到死角的感觉，谁都会有一丝懒惰，我也不例外，有时候导演心疼我一下，这事儿也就过去了，但有些导演偏不，比如娄烨。《风中有朵雨做的云》带我突破了我现有的极限，我相信它会让我走得更远。"

而谈起她和刘德华在电影《拆弹专家》中的对戏过程时，她说自己一上来就可以把状态从零调整到一百，"我和他彼此都觉得对方是对的，那种舒服的气场是一种流动的力量。他是一个多年来都不曾松懈的男人，吃素，量也很少，状态却极好。"至于商业片女主角该如何去演绎，她的态度也挺鲜明，"演文艺片，可能性要越多越好，而商业片要求的是准确的表演，但我当然不会准备两套演法，重点还是故事本身。有人认为文艺片就该很黏稠，角色就该很茫然，真要我说，这统统都是假文艺。"

"今年算是你爆发的一年吧？"

"其实也就是正好碰到这几部戏，都是让我有兴奋感的，倒没想过爆不爆发。我很早就知道，自己永远不会成为被大多数人追捧的那种人，所以我就做好我的工作。爆发呀，沉淀呀，沉寂呀，这些词和我都没什么关系。"

她说自己从小就是个没理想的人。小时候老师给班上的每个人都发了一张纸，要大家写下自己的理想，宋佳苦思冥想了半天也没有头绪，见身旁的同桌写了警察，于是她也跟着写了警察。虽没做过什么女演员的梦，但她旺盛的表演欲望的确是一份与生俱来的礼物。以前放暑假的时候，她无心写作业，就对着家里那台放磁带的老式录音机眉飞色舞地报幕："下面有请著名歌唱家宋佳为大家演唱一曲……"

这种表演有些微妙又有些矛盾。生活里的她极易害羞，害怕受到关注，在路上看到迎面走过来的人她就会低头揉脸，莫名地觉得心发虚，但一到了戏里她就像变了个人似的，什么都豁得出去，她说："这是一条悖论，我自己也很清楚。"

她定义自己是学院派里走出来的感觉派，她说："我是戏剧学院出身的，老师总是告诉我们，你是什么样的人不重要，但你要给角色各种可能性。你内心越干净，进来的东西就会越多。我觉得我本来就是那样的人，那一刻我就认定自己入对行了。"

与此同时，宋佳也很清楚地知道，感受力虽是上天的赏赐，但仍需自己时时悉心维护，"生活难免让人越来越粗糙，这是一件无法逆转的事儿。男朋友送你一束花，心情就会一下子敞亮了起来，但当他连续送了十次之后，你内心的喜悦肯定会变淡。过了这么多年，再回头看《好奇杀死猫》，我在里面那副无畏的样子真像只原始动物，那些欲望和渴求都可以无所顾忌地展现出来，那时候的我没有什么经验，握在手里的东西就只有我的纯真。随着那种似乎是经验的东西越来越多，这种纯真就会不断地被磨损，甚至会被彻底消耗，这是我最害怕的事情。我也会忍不住问自己，如果那部电影放在今天来拍，我还敢那么演吗？这注定是一道没有答案的题目。"

"你欣赏的女人，必须有什么样的特质？"

她仿佛已预先在脑海中酝酿了许久似的，轻轻答出两个字——自在。

"目前你做到多少了？"

她短暂地思量了一下，说："差不多九成吧，离我真正想要的还差那么点儿意思，毕竟我还有工作放不下。"

拿痛苦作自我延伸，用心保护好做演员的那种感受力，偶尔放纵一次喝个大酒，却仍然可以收拾好她自己的生活，并且时时刻刻都怀有往前再迈一步的热情与力气，这就是宋佳的迷人之处。

这姑娘，真的像极了一位青少年。

赵薇
从一条长街，
到一片花园

对四十岁的赵薇来说，

当下即是她的流金岁月。

有底气但没有架子，

仍然忙碌却又不显得仓促；

像一条川流不息的长街，

渐渐演变成一片打理整饬的花园。

外面的各种嘈杂声她自然听得见，

但她呀，手里也有自己的枝桠要修剪。

见到赵薇的前夜，那些随着写真集、磁带、随身听、小卖部中永远热销的《还珠格格》封面笔记本，以及《还珠格格》贴纸等物什而被掩于岁月的情绪，统统被这个名字重新翻上了台面，我甚至笨拙地摸出笔，想凭借心底那股热力写出一封信来，然后亲手给她，字句间可以露出稚嫩的马脚，只要诚恳痛快就好。

最后还是作罢了。何必呢？除了明确地告诉她我是她千万粉丝中的一员，我似乎想不出什么值得她仔细品读这封信的后续来，并非所有情绪都需要被听见。当然，私心我还是有的，做人物记者的这两年，我写了不少名流，但越是写名流，就越少用惹眼的字词，不过这次还是搬出了颇有 TVB 早期家族大戏味道的"流金岁月"四个字给她，算是我偷偷给自己的礼物。

这么浓墨重彩，全因在过去的十几年间，她高也好，低也好，我都远远地与她一起走过。

赵薇并非是在真空玻璃盒子里度过这些岁月的，所以从近处打量她的脸时，你会发现，她的脸依然极具辨识度，只有一些轻浅的细纹真实存在着。那真是一副充满着各种可能、不放在大银幕上都可惜的面孔，可本身却美得没什么侵略性，不禁让人浮想起女演员们都很漂亮，但彼此间又各有千秋的上世纪 90 年代。

见她之前，我一直在思考，该拿一个怎样的问题作为开场白，才能显得不落俗套。在众人眼中，赵薇是一个已经活出最圆满的状态的女人，因此我决定去探听一下她心底的不圆满："你有什么没实现的理想吗？"

不曾想，她微微一笑，脸上并没有涌现任何极力描画图景的欲望，说话的语气也清淡平和："我已经没什么理想没实现了，现在的一切已经远远超出我原本的理想了，甚至好多人的理想都被我一个人实现了。"

在经历了一次次的动荡与裂变之后，赵薇的生活终于步入了无所畏惧的安宁阶段。虽然她每年都要去一趟波尔多的酒庄，但她几乎不会一个人默默地喝酒。手边的每一件事情都有难度，好在她恰好也喜欢有难度的事。难得的是，常常要站在风口浪尖的她，很少会感到焦虑，"只要给我足够的时间，让我睡饱了，我就可以很强大。"她说。

一个步入四十岁的女人身上，哪一点最迷人？对于赵薇来说，或许是那种从骨子里散发出来的放松和无所求吧。曾经，为了满足所有人的期望，你我都或多或少地对自己有过很苛刻的要求，诸如因为同事的一句"最近是不是胖了"而不吃晚餐，诸如一心扑在一个人品并不过关的人身上，相信爱就是奋不顾身，更相信奋不顾身就会换来好结果……而今日的她，可以十分坦诚地表示，她的确不太喜欢运动，工作之余也没什么爱好，用当下流行的话来讲就是：实在没有一个有趣的灵魂。她说："好多女生都爱研究家居，永远想把家里弄得更舒服一点儿，更漂亮一点儿，但我对这方面是既不擅长，也没什么兴趣。不瞒你说，就连家里用的纸巾都不是我买的。"

　　为了增加说服力，赵薇跟我讲了一件令人哭笑不得的事情。

　　这些年，每处新居所的装修琐事都是由丈夫黄先生全权打理的，她偶尔心血来潮想发挥一下，黄先生就会说一句"你还是不要发挥了"，原因是她曾经发挥失常过一次，黄先生就再也不敢让她出手了。当时一家人搬去一栋公寓，赵薇说她刚好有空，不如让她去买家具吧。于是她由着性子买了一个灯罩上围满羽毛的、灯泡会到处飞的吊灯，一座比人还要高的、完全由纸做成的台灯，还有一座马儿的雕塑，不是什么放在桌上的小模型，而是一座与真马一般大小的雕塑。当她费了好大劲儿把这几件战利品弄回家的时候，黄先生非常无奈地问她："就这么几室一厅的公寓，怎么放呢？"

为了工作她总是满世界跑，但留给黄先生和女儿的时间还是不能少。对自己的职业，她也从不试图向女儿小四月隐瞒，"她还蛮为我骄傲的。演员是一份很正常的工作，如果对小孩子还左瞒右瞒的，未免太把演员这个身份当回事了吧！还有一个原因就是：也实在没法瞒。"

"小四月什么地方最像你？"

"她是个挺健康的小姑娘，发脾气时有点儿像我，但更多的时候还是像她自己。我会直接跟她说生和死的问题，还有我们小时候父母经常回避的问题，比如我们是从哪儿来的，怎么来的，我们最终要到哪儿去，我统统都不会回避她，因为我不想让她因为一知半解，就对死亡产生恐惧感。"

"在生活中你应该不是一位严厉的母亲吧？"

她绷住一丝笑意，说："要说严厉的话有点儿过重了，但我还是有我的威严的。必要的时候我会揍她，而且我是这个世界上唯一一个揍她的人，她爸向来都是溺爱她的。"

当我提起她在圈内的那几位极为著名的老友时，诸如王菲、陈坤、苏有朋，她颇为真性情地摇了摇头，并没有去迎合芸芸看客们的期待："就不说他们了吧。其实我的好朋友不止他们几个，更多的是在我们这个行业以外的、大家并不认识的人。"

类似的情况，在后来的访问过程中又出现了一次。鉴于她实在是视觉为王、人心浮躁的名利场上为数不多的具有天然文艺气质的女演员，因此我问她近期在读什么书，她一脸"又来了"的神情，摆摆手说："次次都聊书，好像我很爱秀自己爱读书似的，怪尴尬的。"

于是我忍不住告诉她，好多年前，我就是看了她在某次采访中提及了《我的名字叫红》这本书我才买来读的。她听完后呼了口气，也许觉得也有点儿道理，于是跟我讲起了前阵子朋友推荐给她的约翰·威廉斯的小说《斯通纳》中她已经读到的情节。同时，她不忘严谨地补充道："压着要看的剧本实在太多，所以这书我还没看完，也不敢下定论到底写得怎么样，只是目前觉得还挺有意思的。"

　　不知是否是巧合，赵薇口中那本"挺有意思"的书，用厚厚的篇幅写了一个平凡的美国人的生活哀歌。这本书也曾被多次退稿，直到作者人过中年才出版，却又因为销量惨淡而被搁浅，折腾了半个世纪才终于名声大噪。而赵薇在二十岁时就已经成为在整个东南亚地区无人不知无人不晓的明星，人生经历与小说主角的经历，甚至是作者的经历都截然不同。基于她这小半生的风光与顺利，我们免不了给她贴一些过于活泼喜感的标签，事实上，她是一个本性沉静的女人，没有那么强烈的活跃气氛的欲望，也并不热衷于逗乐众人。

　　赵薇说，她最近一次有欣喜若狂的感觉，是和朋友们一起去看周杰伦的演唱会的时候，听了一整晚那些仿佛老友一般的歌，顺便也想起不少关于青春的片段。但她同时又否认自己已经开始时常怀念过去，她说："还没到时候，我现在还太忙，没太多工夫拿来怀念。"每隔几年就会有新内容占满她的生活，可她却搬出了幽默的宿命论，她说："没办法啊，命运老是推着我往前冲，当然我本来就很讨厌一成不变，这可能也是原因之一。"

如今，演员和导演这两种身份已经不足以满足她强烈的工作欲了。2017 年，制片人会成为她的又一重新身份，她自己的公司将独立制作一些新电影，或许她在其中的角色非导非演，但这些电影的类型绝对是她真正喜欢的。

　　在话题跳转到电影上之前，赵薇只向我展露了我意料之中她一定会具备的亲和力，有问亦有答，也都合情合理，但似乎总是缺乏一些让人真正兴奋起来的东西。直到我无意中讲起我对服装设计师汤姆·福特导演的第二部电影《夜行动物》的喜爱时，她那双眼睛里，才摩擦出一些别样的火花，"的确是一部很棒的电影！这部片子我还是九月份那会儿看的，在威尼斯电影节上，当时放映的是英文原版，我几乎是连听带猜看下来的！"说到一半，她自顾自地笑了起来，"评奖的时候，我们一群评委之间很难得地没什么分歧，都觉得肯定是要给它一个大奖的。我特别钟情于这部电影的纯粹，你会发现它不是特别迎合市场，讲述的是那种自带浓烈气质的故事，和我一样，无论干什么事，首先要自己觉得爽才行。"

　　我追问："你自己的电影里，哪一部最有这种浓烈气质？"

她答得不假思索："全部。我演过的大部分角色都经历了大起大落，是生命浓度很高的那种吧。"说起来，她的确许久没有去演一个非常漂亮的女人了。在陈可辛导演的《亲爱的》里，她是痛失孩子的农村妇人；在杜琪峰导演的《三人行》中，她又成了全程裹着冷蓝色手术服的偏执女医生，素颜似乎已经成为她在电影里的标配妆扮。她自己也表示赞同："我现在真的还挺想演一个特漂亮的角色的，演起漂亮的角色，在生活中也会注意收拾自己的形象——无形中就会变得漂亮。"

我问她为何出道至今从未挑战过反派角色，她也有着同样的好奇："压根儿就没有反派角色找我啊！可能因为女一号通常都是正面人物，女二号才是反派。"至此，她自己都笑了起来，"有时我跟导演说，不如最后让我演的这个角色死掉吧，导演就告诉我，你是好人，好人怎么能死呢？"

如果说初次执导《致青春》时，坐在监看器后面的她还时常会有技痒的感觉，那么现在的她已经可以更舒缓、更冷静地面对这几种角色的转换了，毕竟克制才是更高境界。她说："我一直都在不停地看剧本，寻找下一个我想塑造的角色，但现在我不需要火急火燎地去演戏，同一时间内做的事太多，会分散我的精力。导、演、制作，它们之间没有孰轻孰重，都是我所热爱的东西，但当我决定要做一样时，就只做一样，然后付诸百分之百的专心。"

选择题材时，她怀有女性特有的创作使命感。她说："我喜欢巩俐和伊莎贝尔·于佩尔，她们在电影里是那样美，但中国现在还是年轻人的故事太多。其实生活阅历决定了中年女性的故事是否精彩，如果拍得成功，会非常好看，因为中年才是女人最有魅力的阶段。"中国的女演员到了五十岁时可能就没什么故事可演了，可供她们选择的似乎只有"婆婆"这一种角色，这是赵薇最不喜欢的现象，"电影不该永远停留在十几岁、二十岁人群的故事上，我现在努力去拍的就是属于四十岁女演员的片子，给这个年龄段的女演员带来一些机会，希望可以带出一种潮流，能让更多的电影为她们而生。"

我十几岁那会儿看《楚门的世界》，第一个想到的人就是赵薇。并不是说她周遭的一切都是虚妄，只是这个打从二十岁起就将自己的喜怒哀乐统统展示在世界面前的女孩，从演电视剧、拍电影到出唱片、做母亲，再到当导演，又何尝不是被推搡着生活在一个巨大的摄影棚里？她并不是在有意识地表演，看客们却沉浸其中，远远地为她生命里那些坎坷的章节捏一把冷汗，也为她那些接受掌声时的酣畅片段由衷自豪。回头望去，赵薇能牵动的受众，就只是千禧一代里那些狂热的追星族吗？或许是整个千禧一代。

时间的神奇之处大概就在于：2005 年，赵薇可以在《我和上官燕》的 MV 里穿着露背打歌服哼着"面对这个世界，是甜的冒险"。而到 2010 年时，同样可以在《时间停了》里告诉世界她喜忧参半的熟女启示"脱下了那么美却磨脚的鞋，经过了红地毯，怀念起草原"。而再过一些年，好友苏有朋导演的处女作《左耳》上映，她还可以穿着一件对女明星来说算得上缺乏野心的黑色棒球服，在录音棚里不慌不忙地唱起过来人的感慨"青春的旅途没有红灯，越走越快你也成了过来人"。

更幸运的是，她这几个各有千秋的时代，我们都或近或远地亲历过。

"如果可以和你演过的某个角色互换人生，你会选谁？"她耸耸肩，呼了口气，认真地回答道："她们都各有各的惊险离奇，我……还是做我自己吧。"

从前，她的名字只是隔三差五地出现在在娱乐版面上，如今却也频频出现在财经新闻里。拨开这乱哄哄的一切，对已满四十岁的赵薇来说，当下即是她自己的流金岁月。有底气，但没有架子，仍然忙碌，却又不显得仓促，像一条川流不息的长街，渐渐演变成一片打理整饬的花园。外面的各种嘈杂声，此间从未断过，她自然听得见，但她呀，手里也有她自己的枝桠要修剪。

　　如她自己所言：如果一个人有一种底色，我想我是白色的，我很容易变化，在白色上可以画任何颜色，我仍然愿意去做许多许多的尝试，但前提是能激起我的兴趣。

Part 2

不　雅　男　孩

不眠飞行的 K 小姐

《穿 Prada 的女魔头》式的噱头电影还是少看为妙，

真实世界里处于金字塔顶的人，

不会给自己加那么多戏。

倒并非是他们情操高尚，

而是心力和时间如此有限，

谁会撇下仅有的睡眠，

为一杯咖啡浓度之类的小事撕个天昏地暗呢？

当我还是这家法国杂志社里一位默默无闻的实习生时，总觉得女主编 K 小姐像极了一台只有开会和飞行两种切换模式的永动机。早上追踪一眼她的朋友圈，昨天还在巴黎总部和那群法国人拍桌子博弈的她，回京后都不带喘一口气的，就去了台北参加某个品牌的晚宴。

其实算一算 K 小姐也快四十岁了。从同事们在茶水间讨论的八卦里听闻，K 小姐在国内的几位"时尚女魔头"里，是唯一一位半路出家的。她在三十岁那年方才觉醒，明白了自己想要的是什么，于是辞了广告公司的工作，头也不回地往时尚圈里钻。

一切推翻重来，辛苦自然也要吃双份的。她和一群比自己年纪小一大截的助理编辑共同工作，每晚只睡 4 个小时。看来欲戴皇冠，不仅要承得起那份重量，还得扛得住困意。也是从她身上，我切身体会到：《穿 Prada 的女魔头》式的噱头电影还是少看为妙，真实世界里身处金字塔顶的人才不会给自己加那么多戏，倒并非情操高尚，而是想得到那种风光，总要拿出相应额度的心力和时间，谁会撇下仅有的睡眠，为一杯咖啡浓度之类的小事，撕个天昏地暗呢？

正因为如此，尽管我眼观四路耳听八方，能够瞄准她钻进办公室的时机，却还是很难掐住一小段完整的时间，和这位空中女飞人聊一下我是谁，以及我该做什么工作。后来我终于能够坐到她的对面，近距离观察她好到近乎刻薄的皮肤。坦白讲，我脑中闪过的东西全然无关职场：迪奥的包包、赛琳的格纹大衣、Roger Vivier 的鞋子其实不足为奇，只是样样都是不打折的秀场款，即使是主编，也很难负担得起吧？

同事听了之后直朝我翻白眼：小朋友，多读点儿书不坏的，主编都是有置装费的，哪用自己掏腰包啊？

这一茬没过多久，就是 K 小姐的生日，恰逢她的助理休假，被抓来代班的我从早到晚都在手忙脚乱地帮 K 小姐签收快递，堆积成山的盒子，随意拆开就是一只品牌包，比小时候漫画书里哆啦 A 梦的神奇口袋还令人艳羡。

再后来，也是从 K 小姐身上，我又明白了另一个道理：穿什么衣服，其实都是表象，透过衣服可以捕捉的是一个人的性情，以及通过日积月累而形成的堡垒般坚固的世界观。K 小姐钟情极简主义，工作起来同样不讲修饰，以至于我来了足足两个月后，K 小姐对我的称呼仍是简明扼要的三个字：那个谁。

当我说到"我相信通过努力，我可以做得不错……"时，K小姐端起她的范思哲杯子喝了口水，不慌不忙地打断我："弟弟，做得不错远远不够，在我这里，要的是好。"

我深吸一口气，乖乖改口："嗯，给我一定的时间，我会做得好。"

"又错了，我没空等你慢慢上轨道，你现在就必须自己像模像样地转起来，懂了？"

我也不是钢铁心，说一点儿都不失落是假的，但K小姐的话，似乎是一记耳光后捎带来的一份礼物。离开学校，我渐渐不再相信那些温柔的鸡汤，金句激励不了我，刻薄的对待却可以。那次散会后我开始觉醒：要想让人记住你的名字，首先你要做出一点儿事情来。当时我在公司旁五百米的地方租了三个月时长的房子，想着进退两易，一心长居的话，继续住便是，想离开也可以拖着箱子就走。但时间一晃而过，取而代之的竟然是留下来的强烈愿望。

夏季来临前，我抱着膝盖听着窗外渐渐转浓的蝉鸣，失眠到后半夜。我给 K 小姐写了封邮件：我租了三个月的房子，就像花钱买了一趟为期三个月的旅行。如果你让我留下，我会好好做，如果不行，也谢谢你的栽培。

很快，我的微信就震了一下，是来自 K 小姐的消息：入职申请写得像段散文诗，青少年作家的职业病。暂且留下来吧，快一点儿成长。

错失，挂念，遗失，未婚小姐

恋人啊恋人，

道理总是看似简单，做起来却很难。

吸引力法则终究都是纸上谈兵，

如果两个人都在等一个水到渠成，

或许永远也看不见水到渠成。

有个年纪小我几岁的女孩写邮件给我，说买过我的书，从头看到尾，很是喜欢，现今她正处在进退两难的尴尬境地，于是才想到跟我一股脑地倒出她心中的苦恼。

不是什么新鲜故事，大抵就是她喜欢父亲同事的儿子，从小学五年级一直喜欢到大二。两个人的大学不在一座城市，但每每回家照了面还是一点儿都不生分。从小她就在他家吃饭，在他家午睡，简直和男生妈妈的闺女没有区别。男生的为人是无可挑剔的，吃饭不让她掏钱，更是年年将她的生日记挂在心，无论去多远的国家，都不忘给她寄礼物……

青春年少样样好，而转折的地方是，"但他好像一直把我当男人……高中时，只要我来大姨妈，他就满楼层吆喝，惊奇得好像我在教室里下了颗蛋似的。放学看到我就用膝盖从后面偷袭我，我猝不及防地摔趴下后他就得意地飞快闪人。我也想表白来着，但是如果被他拒绝的话，以他唯恐我不出糗的性格，放假回家见到我爸妈时肯定会大肆宣扬：你们家闺女说她五年级开始就下定决心非我不嫁呢！大学这几年我恋爱过，他也恋爱过，不过都是不同的时间段，有时我想看看他女朋友的照片，他还死活不给，我该怎么办？"

在给女孩回复的邮件里，我没有佯装恋爱军师，去讲什么道理，只是跟她说周末有空的话，可以看看好多年前的一部港产片《每当变幻时》。

电影里杨千嬅和陈奕迅分饰的男女主角挺像这一对的。杨千嬅一个人在香港的菜市场靠卖鱼站稳脚跟，活得辛苦，从不修边幅，一年年过去了还是单身。隔壁阿姨看她老大不小了，还不懂得打扮自己，便拿出口红让她擦一擦，告诉她，女生稍微收拾一下就会看起来很不一样。她有点笨拙地拿起口红，抹在嘴上，然后对着镜子微微一笑，觉得自己的确和上一秒钟有些不一样了。

这时顽劣的陈奕迅冲过来，看着她亮晶晶的嘴唇大声坏笑，杨千嬅突然觉得很羞耻，伸手用力地抹掉了嘴上的口红，恼羞成怒地追着他满菜市场跑。

电影放到这里的时候，让人鼻子很酸。

杨千嬅在大银幕上难过地说，她终于学会了这个单词——Miss。它很短，拼写起来只有四个字母，却包含着四个彼此有联系的意思：

错失，挂念，遗失，未婚小姐。

她在乎他，因此特别害怕他察觉出，她有一颗想要变得温柔、漂亮、受欢迎的心。她或许也在等一个水到渠成，但有时候你不硬着头皮往前迈一步，就永远也不会看见水到渠成的场面。其实何止是在电影里呢，杨千嬅和陈奕迅的故事，早就被写成了长长的帖子发表到各种各样的论坛上，版本很多，旁逸斜出，被很多人当成一种称得上经典的遗憾。其中稍微真实些的是：有一次，陈奕迅在演唱会上和谢安琪对唱了一首歌，于是无聊的港媒们就借着这件事情乱写新闻。

陈奕迅的回应很简单："我和她（谢安琪）不是好朋友啊，只是OK朋友。见过家长的才是好朋友，我和杨千嬅就是好朋友。"

其实有什么所谓呢？好朋友也好，OK朋友也罢，终究都不是她想站的位置。杨千嬅自己在很早很早以前就说过："我的开心都在电影里，不开心呢，都在歌里。"仔细一想，倒是没错啊，从早年《可惜你是水瓶座》里的"十年后或现在失去，反正到最尾也唏嘘"，到近期《自由行》里的"最怕在世上游遍，发觉没有此人"，她还真没唱过一首多喜乐的歌。

所以恋人啊恋人，道理总是看似简单，做起来却很难，所有的吸引力法则终究都是纸上谈兵，两个闷棍之中，总要有一个率先砸向另一个，之后的故事才有得讲。

如果两个人都在等一个水到渠成，或许永远也看不见水到渠成。

连孤独也是
需要资格的

我们听着欧洲的流行音乐长大,

被国外老夫妻卖房子环游世界的文章洗脑,

以至于忘了那并不是我们生活的景象。

这时你会发现,

孤独也是需要资格的。

整个九月，我所为之工作的时尚圈，都像极了美国青少年电影里全员欢腾的返校节，我打着社交需要的幌子日夜转场，心里却觉得自己的脚一直悬在空中，压根儿都没落过地。

　　前有香奈儿为自家的新款香水嘉柏丽尔办金色派对，后有阿玛尼张罗红色之夜，还请来章子怡撑门面；迪赛为了庆祝李宇春成为新的全球代言人，把北京798的某座旧场馆拾掇成了一间华丽又复古的暗红歌剧院，水晶灯拔地而起，意大利高音好听到令人头皮发麻，西欧模特穿着裸露出皮肤的破牛仔服在座椅间穿行，白啤酒上了一轮又一轮；宝格丽也不甘寂寞，刚刚在北京开了第四家酒店，无独有偶，又在北外滩新营业的W酒店举办了热闹的开幕礼……

　　在这些吵吵嚷嚷的狂欢的间隙，我通常是一边喝热汤醒酒，一边做回时装编辑的本职，马不停蹄地在办公室发稿。于是在某一个相当平常的加班夜，我揉了揉眼睛，伸手刷了一下朋友圈，看见我妈发了一条纯文字的动态：只希望妈妈可以熬过这一关，加油。我这才合上电脑，出了门，一个电话打回南方的家里，询问发生了什么事。

　　我妈的情绪还算冷静，显然已经没有了最初的惊慌失措，只是淡淡地跟我讲："你外婆病危了，也是昨天突发的状况，我们想着你在北京也很忙，就暂时没跟你讲。手术正在进行，医生跟我们说的原话是：但愿能有一个好的结果。"

不幸中的万幸，凶险的手术顺利做完，七十岁的外婆被推进了重症病房，隔天早晨换进了普通病房，至此才算是度过一劫。我父母和舅舅姨妈们仍然觉得惊魂未定，大家不约而同地轮流守夜。外婆前半生跟随当船长的外公在淮河上生活，除了停靠在大港口的时候可以上岸，其他时间他们都在船上居住，到了后半生便开始不断生病，从眼睛、心脏，到手臂、腹部，身体的各个部位似乎都在轮番经受手术，像极了严歌苓笔下的那一类女人，多灾多难，但对爱和生活有自己的执念，沉默而顽强。

当日忽然降临的意外，过了很久我妈才仔细告知与我，听上去既真实残忍，又莫名带着一丝不可思议。外婆年年都做常规体检，却愣是没有一位医生检查出她的腹部有一颗正在暗自生长的肿瘤。有一天外婆起床后觉得腹痛难忍，但大家都没当回事，直到傍晚肿瘤破掉了，引发体内大出血，她才被急救车送往医院。

事情平息了有一个礼拜之后，我和我妈聊天的时候，心里依然笼着一层阴影。我妈感叹，外婆有很多儿女，因此才不至于老无所依，病灾来临的时候仍有人陪伴在身边，而她和我爸只有我这么一个儿子，我们又住得如此远，偶尔有交流也仅限于微信里那几行对话。那一瞬间我感觉我妈有些陌生，她似乎没有往日那么时髦新派了，反而和大多数中年人一样，怀揣着根植在我们民族性格里的那种不安。

巧合的是，年龄比她小整整三十岁的我竟也生出一种和她相似的情绪来。

当下的我在过什么样的生活？一年到头都在出差，日夜颠倒着工作是常有的，和朋友通宵狂欢也是常有的。我们这些千禧年前后出生的人，信奉英文里常说的"work hard，play hard"。兴起时花光一个月的薪水买下一双德莱斯·范诺顿的咖啡色鞋子，将外表捯饬得年轻而鲜活，然而却不知道下个月的房租在哪儿，至于户头里没有半点儿存款的事情，更是只有自己才清楚……这一切似乎都与上一代求稳的中国人不敢想象的生活极度吻合，和纽约、东京等地的二十岁的年轻人没什么区别。

但是以后呢？我们听着欧洲的流行音乐，被国外老夫妻卖掉房子环游世界的文章中蕴含的自由和愉悦洗脑，以至于忘了我们所生活的这个社会，是一个体检不出大病症、独居老人无人问津的社会。

也只有到了这个时候，你才会发觉，孤独听起来容易，其实也是需要资格的。你想要顺顺利利地孤独到老吗？那就抓紧时间努力工作吧！它不同于你心血来潮为了买一只香奈儿 2.55 手袋连吃两个月的泡面，也不同于你用辛苦累积的飞行里程数换来一次海岛度假，这时候孤独仿佛更像是一种仅供少数人来消费的生活方式，这可不是一笔简单的小预算，你且想清楚。

派对动物的
清晨宿命论

饱尝宿醉的滋味儿后，

你我总会信誓旦旦地说"这辈子都不再喝酒了"，

然而没过几个礼拜就又一脸春风地重返酒局。

同样的，单身难免时有低潮，

但只要走过这一段伤风时期，

你我还是会继续这种无需向任何人交代的生活，

并为自己仍然自由而庆幸。

一场失控的生日局过后，我是在自己家的床上醒来的。第一反应就是长舒一口气，还好，至少没有曝尸大街。

然而这份庆幸，甚至都没延续到三秒钟就消失了：日抛镜片在我的眼球上苟且偷生了一整夜，现在已经干涩得像是桶装泡面里脱了水的蔬菜包；一张宽阔的双人床，我只占据了一半，浅黄色的呕吐物占据了另一半，并且我和它呈现水乳交融的亲密姿态。我揉着太阳穴使劲儿回想，但依然对回家的细节了无印象，再翻开朋友圈，昨晚的主角晒出模样精巧的蛋糕赢得点赞无数，穿条纹衬衫的我也在后面攥着半杯粉色香槟谈笑风生，然而我却觉得自己与那只蛋糕，以及吹蜡烛的过程都素未谋面。

就像摘除了阑尾似的，那段记忆顺着时间轴被锋利的手术刀切了个干干净净。宿醉后断片儿的桥段在电影中上演过无数次，以至于听起来格外平常，但你必须要亲身领教一次，方知这个过程还是挺不可思议的。

1997 年，梅艳芳唱的那句"醉过知酒浓"原来是真言。借着酒精的后劲儿，我们这些背着各自的十字架在偌大的城市里生活的渺小人物，得以暂时纵容自己把情绪渲染出一种戏剧的张力来，那些叫与闹，推搡和拥抱，不过都是简单的开胃菜，第二天随之而来的种种痛苦，才是正正经经的偿还。

光脚下床，就看见好朋友的心意：两桶 1.5L 的常温矿泉水立在桌上，玻璃杯里已倒好了一份。我摸了摸胳膊，上面全是淤青，于是打电话问 Jinger："我是怎么回的家？"

Jinger 苦口婆心地要我先去翻翻冰箱，把里面的粥和豆浆热一热喝掉，然后开始用哀其不幸的口吻带我重温昨夜的奇遇。我从漫长的叙述中知道，我热情地拥抱了服务生、我整晚都在大讲英文、我砸了好几只高脚杯……这些作为陪衬的小故事都显得没那么疯狂了。"我和 Jet 一起拖着你回家，你像个地精一样，怎么拽都站不起来，又不晓得自己住哪个小区，没办法我们只能打电话给 Olive（我的另一个好朋友），结果她也只是有个模糊的印象，不记得具体是哪层哪户，所以大半夜的我们仨开着视频找你家，好不容易到你家，你又开始吐，胃里的晚餐吐完了，就开始吐胆汁，都吐到老娘的鞋上了。"

Jinger 又发了张照片给我，是他们收拾完所有狼藉之后离开我家

165

时拍的。照片里的我刚满二十三岁，蜷缩的姿态却像一位独居的孤寡老人，脸色在暖调的落地灯映射下仍旧相当难看，像一张皱巴巴的黄褐色的纸，身体紧紧地地压着被子，散发出一种无法形容的不安。

我盯着照片反复地细看，有一瞬间非常悲观地觉得，我会不会真的就这样一个人生活下去了，年复一年地像迈入一个前路未卜的无底洞一样跨过三十岁，四十岁呢……

一个好朋友难得正经地跟我分享他的心路历程："不错的男人满地都是，但感情好像已经绝迹了。懂电影和文学的男人，会做饭的男人，一夜七次的男人，吃完晚饭带你去 SKP 买两只 Prada 都不眨眼的男人，比女人还有胸有屁股的好身材的男人……他们都不想进入一段封闭的关系，更奇怪的是，我，一个一直自诩站在马路上等着爱情来撞我的女孩，竟然也不想。"

大概是经济不好的缘故吧，工作压力好大，日子比修行还苦，所以喜茶贡茶之类的高糖膨化剂在街头排队狂销，这和青少年电影里通宵派对上少不了的那一口大麻没什么区别，求得都是个迷幻的怀抱罢了，而讲到感情，大家都停留在试探和观望的安全距离里，不张罗着谈恋爱了。

另一个好朋友说："北京这么大一座城市，就是一个八面玲珑的水晶球，它夺走你多少精力，就会还给你多少乐子。不信你看看，城里是不是永远有一家新开的店需要打电话抢着预约位置，永远有一场演唱会和音乐剧一票难求，永远有一场你不挤进去照几张照片发发朋友圈都不甘心的社交派对……这么狡猾又甜蜜，难对付又迷人，还不足以充当你的约会对象？"

对，这些话都对，但是回家之后呢？在每一次生病的时刻，每一个感到莫名万般焦虑的暴雨夜呢？也罢，就像在饱尝宿醉的滋味儿时，你我总会信誓旦旦地说"这辈子都不要再喝一口酒了"之类的话，但也总是没过几个礼拜就又一脸春风地重返各种酒局。同样的，单身难免时有低潮，但只要走过这一阵伤风时期，你我还是会继续这种无需向任何人交代的生活，并为自己仍然自由而庆幸。

原因很简单，我们到底还是喜欢单身啊。

前任送的珠宝，
何必要扔掉

终有一天，

我们的流行文化也可以昂起头颅，

放下一些惯常的粉饰和表演。

分了手，但礼物无罪，

把前任送的珠宝转头卖掉，

添一只心心念念的 Prada 包包，

礼拜一早上也好体面地去上班。

上世纪 90 年代的经典日剧《恋爱世纪》里，有一个桥段挺有意思的，让我念念不忘许多年。

女主角上杉理子站在夜色中，掏出过去的恋人送她的戒指，一边十分文艺地喊着"我想在这里丢掉它，因为是在这里收到它的"一边作势要把戒指扔进水里。在被眼尖的片桐哲平发现她偷偷把戒指塞进牛仔裤里的小动作之后，大剌剌地交代道："有什么关系呢？只是个形式而已啊，我想明天就卖掉它，去给自己买个 Prada 包包。"

就冲着她的坦白，此处也应该有一阵高分贝的掌声。她没被感情里过山车一样起伏的情绪迷奸，头脑还很清晰，目标还很明确，是一个多么有热腾腾的生活气息的良好女青年啊！

转而又想到早几年，美国 ABC 电视台播出的长达八季的夏日肥皂剧《绝望的主妇》。当年追过它的你，可还记得这部剧是如何开篇的？主妇 Bree 是个好媳妇儿，但她的丈夫 Rex 有被女人殴打虐待才会觉得爽的秘密嗜好，Rex 当然不敢跟 Bree 提这样的要求，只好偷偷去找别的女人。真不巧，那女人最后被警察抓了，还一口供出了 client list（客户名单）来。到这个时候，Bree 还不死心，想用钱来换取她老公的名字不被公开，结果到头来还是颜面尽失。

而另一个主妇 Gaby 呢？她早年是混迹纽约的超模，嫁给了做商人的丈夫，定居在一个小镇上，过着安稳而"绝望"的美式中产阶级生活。钱倒是花不完了，但商人忙碌啊，每天都在忙着出差，她的寂寞得不到排解，这时年轻健壮的园丁大汗淋漓地在她家花园里修剪枝叶，于是修着修着，就修进了 Gaby 的浴缸里。

这两个女人的设定讨喜吗？显然都不太讨喜。但是所有追剧超过一季的人，都很难不喜欢她们，也会不自觉地被她们在剧中生活的高峰和低谷影响，这大概就是所谓的真实的力量吧。你会觉得她们用尽力气瞒住的秘密，我们身上也有。虽然生活阅历不同，但在她们心尖上踩过的那些怕与爱，你我也或多或少有过。

在外人面前从来都没跌过份的细节控女人，晓得丈夫如此重口味，气得爆肝是自然的，但她丢不起面子的本能，会让她第一时间冲上去，使劲儿掩饰家丑。而趁着丈夫不在家，与年轻男孩苟且当然是错的，但起码逻辑说得通。

在我第一本小说出版前夕，责任编辑一直打电话逼迫我："你的故事够纠结，不错，但你的人物不够讨喜啊。男主角为什么不搭手救女主角？你必须找一个童年阴影，或者阴差阳错之类的梗，去解释一下，为男主角的行为洗个白。毕竟你的读者都是小女生，绝不能让她们对男主角有一点点失望。"

当时我困惑得要死，为什么每次我正要写到人人都有的弱点的时候，就要被推搡着避开呢？男主角不搭手救女主角，不用把黑锅推给童年阴影来背，也不需要有任何阴差阳错，就只是因为他胆小，或者，他觉得不值得，为什么不可以？

所以，当我看到《欢乐颂》里的樊胜美收下王柏川送的那只紫色Bottega Veneta 包包的时候，趴在床上撑大鼻孔凑上去闻，发出"真香啊，和仿货的味道就是不一样"的感叹时，忽然觉得这部剧是有进步的，至少它大大方方地把樊胜美爱慕名牌这样一个点刻画出来了。

至少，它不再把好人坏人拨开两边站，一团和气地讲那个人人都没见过的乌托邦社会了。这是个开始，以后，国产剧也会慢慢地更自由地表达。

终有一天，我们的流行文化，也可以昂起头颅，不那么死要面子，放下一些惯常的粉饰和表演。比如分手本是常事，但礼物终究无罪，把前任送的珠宝转头卖掉，给自己添一只心心念念的 Prada 包包，礼拜一早上也好体面地去上班。再比如我们爱花钱，也可以只是因为我们生来贪婪，或者说人生来贪婪，而不是找什么从小在缺钱缺爱的环境里长大之类的酸臭借口。

我曾收到一张喜帖，

那真是看看就会令人心生甜蜜，

不是常见的卡片形状，

而是厚厚的一本护照，

夹着一张从北京飞往巴黎的机票，

这对恋人就是在法航的某一班飞机上认识的。

你印象里的巴黎女孩是什么样子？

她们永远都做不到和别人分享，无论是爱情还是物质。她们从不抗拒喝酒，却也极少让自己喝得烂醉。擦香水的时候，她们会先擦在手腕内侧，再像猫一样慵懒地蹭一蹭耳后。她们中的大多数都是深棕色的头发，早上起来随意地洗一把脸，头发也不梳，乱蓬蓬地就出门了，但穿衣打扮里却又永远少不了那些精致的小细节……她们是绝对的矛盾体，一方面很善良，另一方面却很喜欢妒忌，有时候她们会特别作，但从来都不会装。

如果巴黎从一个地名衍生成为一个形容词的话，我身边的女孩子里最巴黎的一位，肯定是张 MiuMiu。女设计师 Miuccia Prada 用自己的小名创立了 Prada 的姐妹品牌 MiuMiu，而我这位朋友张 MiuMiu 叫这样一个名字，只是单纯地因为这两个音节放在一起，叫起来格外好听。

在北欧和日本文化的席卷下，似乎一夜之间全世界都在讲 Less is more，都在讲如何做减法，但张 MiuMiu 每天早上打扮时，依然自信地做加法，比如在帽子上加一枚胸针，或者一朵花，再比如在短袖衣服的基础上，戴一副皮手套。很多看似危险的尝试，在她肆意咧开的笑容里都成为了合理的存在，就像她总是咬着冰咖啡的吸管，有一搭没一搭地告诉我："身体是多么漂亮的东西啊，巴黎的女人永远不会讲性冷淡这一套。"

张MiuMiu是浙江姑娘，在巴黎读了快十年的书，毕业后来北京，进了我们杂志社工作，她的男朋友Ju则依然留在巴黎工作，两个人并没有顺应远距离恋爱的男女朋友分开即分手的魔咒，他们一直保持着一个月见一次面的频率。单月的时候Ju飞来北京，张MiuMiu拉着他和我们这伙朋友一块逛胡同吃炸酱面；双月的时候张MiuMiu带着一只小箱子飞往巴黎，两个人在左岸的街边吃午餐，喝甜酒，傍晚去杜乐丽花园里并肩坐在一张绿椅子上发呆。

就在我们都以为这段远距离恋爱会继续下去的时候，张MiuMiu告诉我们，她和Ju决定结束这种奔波了，大家听了之后都一脸错愕，她又露出一个峰回路转的表情，得意洋洋地宣布道："因为我们决定结婚了，就在今年春天，婚后我就住在巴黎了，北京再见，多谢各位对我的照顾。"

之后张MiuMiu就头也不回地辞了职，回浙江陪父母待了一段日子，顺便准备婚礼。这当然也是巴黎女孩子的特质之一，像从湖上腾空的焰火，也像夏日里的花，一旦兴起，就很难花费过多时间去冷静。

于是半个月之后，我收到了一张喜帖，那真是我生平见过的最能令人心生甜蜜的喜帖，不是常见的卡片形状，而是厚厚的一本护照，护照中有插画师专门为他们绘制的结婚照插画，还夹着一张从北京飞往巴黎的法航机票，因为张 MiuMiu 和 Ju 本来就是在法航的某一班飞机上偶然认识的。

可惜当时突然来了无法更改时间的工作，我最终错过了那场婚礼，但从照片中可以看出来，那是一场非常小巧、非常巴黎的婚礼，大家静静地坐在椅子上望着他们，而我的好朋友张 MiuMiu 穿了一件她自己从古董衣店里淘来的二手婚纱，笑得相当自由，看起来快乐极了。

所以，如果巴黎真的可以被用作一个形容词，它真正的含义应该如何概括才算清晰准确呢？我想了想张 MiuMiu 每一次嬉笑怒骂的模样，并始逐渐明白，或许巴黎不止代表着时装、香水、马卡龙，以及露水情缘，同时也意味着爱憎分明，用力生活，抓住自己最想要的，推开自己所厌恶的，面对世界不忧也不惧，把此刻当做一切吧！

听歌记

从王菲到窦靖童，

磁带死了，CD 也死了，但乐坛没死。

正如我每每以为早就走远的那几段岁月，

总会在一些春风沉醉的夜晚，

不打任何招呼、就悄声回来。

歌可重放，人可重逢，如此甚好。

在春末夏初的闪亮日子，19岁的窦靖童出了她人生里的第一张全英文专辑《Stone cafe》。深红色的封面上印着一张特立独行的脸，和王菲一样不太爱笑，关于她的天后母亲，文案上只字未提，似乎对自己的音乐颇有信心。在听完专辑中的十一首歌的那个清晨，我忍不住登录微博，有些煽情地写道：年少爱过你妈妈，而今也很爱你，但不是因为爱她才爱你的，这是两码事。

　　就在几天前，我在家里找书时，一台落满灰尘的CD机忽然从书柜的顶部掉了下来。深蓝色，SONY牌，从初一开始就一直跟了我好多年的那一台。于是，心底那个怀旧的小开关就此打开，一发不可收拾，索性就趁着这种情怀还没消散时，把家里储藏柜中堆砌得如小山般的CD和卡带统统翻了出来，权当作久未谋面的老友似的好好地叙一遍旧，缅怀一下过去。仿若就在不久前，我说起"当初""多年前""那几年"这样的词，还会被我妈笑骂："小孩子家家的，一共才生下来多少年啊，说话别老气横秋的。"而今，也真的在不知不觉中攒起了一些当年了。

　　我是从小学末期开始半懂不懂地听歌的，那也刚好是华语乐坛最后的回光返照时期，从此唱片的气数说尽就尽了，比所有人预想的都要迅速。城市中的唱片店一家接一家地关门，如今的唱片一年能卖到5万张，已是不得了的惊人成绩了。前不久，我因为一则新闻难过到不行，香港有一位多年来处于孤独求败的地位的男歌手，出了一张精选辑，最终只卖了900张。这位男歌手，就是陈奕迅。

就像陆地上曾有一座直冲云霄的沙塔，我们每天都能见到它，于是理所当然地以为它会一直在那，后来它被风蚀了，新到这里的人，自然会淡然处之，而我们每每望见了，就会想起沙塔的形状、天空的成色，以及那种脖子仰得酸酸的感觉。

华语乐坛的黄金时代里有特别多好听的音乐。那时候，我们的机智从来都不肯放在念书这件事上，而是放在怎么糊弄老师上面了。将耳机穿过肥大的校服袖子戴到耳朵上，再拿发梢打一点儿掩护，就可以在数学课上一通沉醉，两只耳朵从来不曾落寞过。

如果好朋友失恋了，就陪他听杨千嬅的《可惜我是水瓶座》——"要是回去没有止痛药水，拿来长岛冰茶，换我半晚安睡。十年后或现在失去，反正到最尾也唏嘘"。若是考试考砸了，就要一个人在漆黑的走廊上听孙燕姿的《逃亡》——"我看着山下千万的窗，谁不曾感到失望，就算会彷徨也还要去闯"。到了班级组织出去秋游的日子，当然是要一边晒太阳一边听陈绮贞的《旅行的意义》——"你累积了许多飞行，你用心挑选纪念品，你收集了地图上每一次的风和日丽。你拥抱热情的岛屿，你埋葬记忆的土耳其"。

2003 年，王菲退出歌坛前发行了一张告别专辑《将爱》，封面上她穿着宽大的白裙子，裙子上是手绘的凌乱花朵。不知是巧合还是确有其意，这名字听起来真是像极了李亚鹏的代表作《将爱情进行到底》的略写。我是在校门口的一家小音像店买到这盘磁带的，那时已经很少有人听磁带了，老板的脸和生意一样冷清，所有滞销的磁带都从未拆封过，像电影《重庆森林》里过期的凤梨罐头一样被堆在灰暗的角落，一块钱一盘，能卖出去多少算多少。

其实，那时 MP3 这种时髦的新玩意已经开始流行起来了，但身体里住着一个老灵魂的我，还是偏爱躲在被窝里听音质并不太好的磁带。A 面，B 面，喜欢听的就倒带再听，歌与歌之间有吱吱的杂音。明明《将爱》那张专辑里最红的歌是《旋木》，但我却更喜爱林夕作词的那首《乘客》——"坐你开的车，听你听的歌，我们好快乐。我是这部车，第一个乘客，我不是不快乐，天空血红色，星星灰银色，你的爱人呢"。

而时间冲刷掉的旧东西，沉淀下来的新面貌，究竟又是什么呢？

是因为那部鸡飞狗跳的《还珠格格》而红遍大江南北的赵薇。1999 年还在《爱情大魔咒》MV 里，顶着两个巨大的触角，以恣意少女的鲜嫩腔调唱着"谁是梦中男朋友？莱昂纳多。可是他花心绯闻多，给我一个罗密欧。有求必应不罗嗦默念密码三秒钟，大魔咒，爱情的大魔咒，Ipiya ipiya i hey ho"，到了 2004 年，她在新专辑《飘》的封面上素着一张干净的脸出现，舒缓平静地唱着《渐渐》里很文艺的歌词"眼前是白天但夜般黑，胸口正下一场大雪，寒冷将灵魂冻结，我却还不肯熄灭"。而今呢？她已经不唱歌了，玩儿起导演的她在一部青春片的试水之后，将野心伸向了新的女性犯罪故事，而我们这些生于 90 年代后期，曾真心真意为她着迷过的小孩子，也都长大了。

这就是所谓的时过境迁吧。

也许现在看来有点儿傻，但学生时代，总是能因为一根稻草难过得真真切切。那些年在草坪上闭起眼插上耳机，就可以围起一个小世界，那些歌对于我，都曾是一个小小的、温柔的拯救。若你生于新世纪，或许觉得那些旋律，那些岁月皆是陌生的，而若你和我年纪差不多，听到那些散落的歌，倒不至于热泪盈眶，但多少会有种那个年代确实存在过的甜蜜又怅惘的感觉吧。

从王菲到窦靖童，磁带死了，CD 死了，但华语乐坛却依旧没死，恰如我每每以为早就走远的那几段岁月，也总会在一些春风沉醉的夜晚不打任何招呼，便悄声回来。歌可重放，人可重逢，如此甚好。

痛失一只 LV 包包带来的启示

一件心头好的东西也好，

一段感情也罢，

使用者只有我们自己而已，

但凡你曾从中提取过 0.01 毫克的快乐，

都别去说什么不值得。

旧历新年过去了，我不但没迎来转运，反而还丢了一只路易威登的包。

显然，它不是刚丢的，只因为不是生活的必需品，所以我一直没发现，直到我瞧见一只一模一样的包在电影里露了脸，才想起我的衣橱里也供奉着一只，当初为了买它，我花费了一半的稿费，毫不心疼。

虽然这只包跟我出门的次数用一只手便能数得出来，但是我次次都小心地照料，没让它沾上一滴咖啡和雨水，也没在上面留下任何烫印和划痕。令我哭笑不得的是：它不是被我遗忘在地铁、便利店，或是车上，而是就这么在家里凭空消失了。

总有些物件，偶尔被你记起，于是翻箱倒柜一番苦找，结果多半是蹭了一鼻子的灰，却什么都没找到，你顺了口气，说一些"就这么大个屋子，总有一天它会自己冒出来的"之类的宽慰自己的话，而它们则像一群蓄意逃亡的人，从此人间蒸发一般消失在你的生活中，再无任何下文。

我是脱了牛仔裤就往地板上扔的性子，生下来时大脑里就没安装

184

收纳物件的应用程序，这倒说明了我与这桩丢失案件没有半点儿关系，而在我妈这种收纳癖患者的眼里，连 A 牌的包放进了 B 牌的防尘袋里，都是不可容忍的大纰漏，于是我一口断定是痴迷整理的她，三收拾两收拾，将我的包收拾成了糊涂账。

她立马反击道："本来就是没用的东西，你自己脑袋一充血，瞎买回来的，丢了也清静。"

它无用吗？照常理来看，还真是这样的。

就像世俗始终期待一个人善良礼貌、勤劳勇敢一样，一只名牌包起码应该结实、容量大、外观美、不易过时吧，但在我的记忆里，它的确过分娇贵，容量也很不堪，带它出个门，你必须要把手机、钥匙、硬币、纸巾用最节省空间的方式仔细排列好，它的锁扣才合得上，更不要提它形状独特，一身的 Logo，过了季一下子就会被发现……但不要忘了，这所有的一切早在它静静地躺在专柜里还没有属于我的时候，就是一眼便可看得破的事实，而我还是买下了它，因为望着它的时候，我知道自己是真的很快乐。

从此束之高阁也好，日日背着它上班也罢，既然它曾一度让我很快乐，那么它就永远都不是无用的。

由此我又想起我看过的一档综艺《见字如面》，每一集的内容都是名人当众读信。老戏骨归亚蕾在节目中读了杨德昌导演因病去世的那一年，作为前妻的蔡琴写给媒体的信。有人说这段长达十年的柏拉图式婚姻让她寂寞后悔，也有人说她过得悲惨，但似乎大家都忘了，这段感情一开始就是一件两厢情愿的事。他在婚前就说过，不想让感情沾上杂质，意思是不如我们来一段下体不参与其中的精神关系吧。

她说："好。"

后来，他拍《牯岭街少年杀人事件》，其中有一个她的镜头，她戴着珠宝，烫着头发，穿着旗袍，眼神很短很短，却带着年轻的锋芒，骄傲又从容。

其实那时她已经是无人不知无人不晓的歌后，却在一场仅停留几秒的群戏中，郑重地拿出娘家的珠宝戴上，只为给丈夫捧场。再往后，杨德昌爱上了别人，蔡琴爽快地成全了他，于是他心满意足地结婚生子，甚至还在辞世之前坦白地说，和第二任太太在一起的几年，是他最快乐的时光。

留不住的人，就算你做一百件动人的事也始终是留不住的，索性放他走吧。但留不住就说明你做过的一切都是不值得的吗？回忆当初，杨德昌的原话是"十年感情，一片空白"。蔡琴却说"我不觉得是一片空白，我有全部的付出"。

一件心头好的东西也好，一段感情也罢，使用者都只有自己而已，但凡你曾从中提取过0.01毫克的快乐，都别去说什么不值得。

在爱和拥有的这本词典里，有两个最假的词语，一个是"没用处"，另一个是"不值得"。

偷光的小孩

青少年时期你我都渴望奇遇，

一群半大不大的孩子，

成长有早有晚，

那些早一点的，

就会身披一些我们没见过的光，

于是我们想靠近他，

想从他身上触摸到一点点光，

甚至狡猾地偷走一点点光，

用以装饰自己灰溜溜的身体，

总觉得一旦和他成为了亲密朋友，

自己就不再是落寞的大多数了。

我的同事和朋友，几乎都很难相信，我这样一个将控制欲诠释得淋漓尽致的狮子座男生，会在某一段时期里，非常像《康熙来了》里那位永远站在两位主持人旁边，心甘情愿地被亏被打趣的陈汉典同学。

　　那时我刚刚转学到一所私立高中，第一天来到班上，就赶上班级大扫除。本故事这位骨骼清奇的男主角正吹着口哨，三心二意地擦窗户，他一眼就瞄到了我身上的粉色 T 恤，然后颇为自来熟地和我搭了句话："美特斯邦威的？不错。"

　　正不知手脚往哪儿搁的我连连点头，然后憋了半天，憋出来一句十分标准的打招呼用语："……你好。"

　　真不是我有心讲段子，十年前，Supreme 和 Vetements 还未成气候，美特斯邦威在青少年群体里的威望，绝对抵得上穿权志龙的同款卫衣了。

　　那时候的我正饱受肥胖的困扰，成绩没好到出名，却也没差到出名，被夹在灰蒙蒙的中间地带，既不能在猖狂玩耍的那一派人里吃得开，也没法挤进好学生的群体里抱团取暖，因此我无时无刻不觉得青春苦闷，青春漫长。后来我仔细回想了一下，那些成长过程中如影随形的不痛快，大多来源于我心底的不甘心。明明平庸是最为主流的归宿，毕了业，上了班，你我之中又有谁不是庸庸碌碌的蝼蚁呢？但当时的我啊，偏偏就是气盛，硬是要把这份早晚需领受的平庸当成一道判决，冒着痘痘的脸上写满了不服。

也就是这件粉色 T 恤，让男主角把我收入麾下，从此我算是成功地打入了他的朋友圈：爸爸开了四五家加油站的某某，去当地任何一家网吧从不需要给钱的某某，从日常作业到考试答题卡随时外借的某某……我一时觉得新奇，有些眩晕，那种狐假虎威的感觉令我满心欢喜。认识一些厉害的人之后，我就可以做一些厉害的梦，梦做多了，我也就成了他们中的一员，当时的我怀着这样的臆想。

男主角对我的态度全看他心情，高兴时还不错，不高兴了就比较残暴，不晓得那些年他为什么可以那么精力充沛，疯狂地热衷于各种恶作剧，且不甘于玩同一种花样。有一阵他热衷于送女生棒棒糖，每次女生拆开糖纸开始吃的时候，他就攥紧棒棒糖后端的塑料小棍左右晃，把人家的嘴搅个天翻地覆，看着女生的口水流出来，一脸哭都哭不出来的尴尬，他蹦得老高，特别高兴。

后来有一阵子，他喜欢坐在公交车的最后一排，然后把车窗打开，见到一个姑娘就把头伸出去冲着人家喊"胸罩飞走了"，看着姑娘们气得跳脚的模样，他倍感满足。而我就更加荒唐了，明明背着书包坐在旁边什么也没干，但在和他击掌的时候，竟然也会觉得满心欢喜。

　　有一次比较不巧，男主角没算准时间，刚喊完没两分钟，公交车就到站了，被他捉弄的苦主怒气冲天，上了车直奔最后一排靠窗的座位，她见男主角戴着耳机，歪着脑袋呼呼大睡，立刻就认定我是案犯，于是高高地举起书包，冲我一通乱砸。

　　我一肚子火，却偏偏说不出话来，只得狠狠地瞪了一眼身旁的男主角。从那之后，类似的情况越来越多，他忙着使坏，而我忙着当替罪羊。起初我一直憋着这口气，虽然两个人表面上相安无事，但我心里一点儿都不盼着他好。

　　他抄作业时，我就盼着他把人家的名字也抄上，他还没那么傻，不过也没关系，我会把他的名字用透明胶带粘掉，改成别人的名字；他去操场打球时，学生证就随手扔在抽屉里边，我扫地时顺手把他的学生证剪碎，然后扔掉，毁尸灭迹……我生平第一次发现，原来我也有别人看不到的阴暗面，这种阴暗甚至都不需要练习，你想让它出现的时候，它就会出现。

诸如此类的恶作剧，像暗中滋长的枝桠一样越伸越多，却没能让我痛快起来。而他大概也觉得诸事不顺，于是拿我泄愤的次数越来越多。

终于，我爆发了。

我记得特别清楚，当天的太阳光特别好，公交车上的乘客都是刚刚放学的青少年，一个挤着一个。男主角一边扭着头跟别人聊天，一边拍我的后脑勺："傻 X，傻 X，把我书包里的可乐掏出来。"

我像是突然被引爆的炸弹一般，情绪一发不可收拾："你妈才是傻 X！"

习惯了对我呼来喝去的男主角一时间有些发蒙，随后他在大家的嬉笑声中镇定下来，一巴掌招呼到我气得发红的脸上："吃枪药了你？神经病！"

我顿时悲从中来，扑上去就和他扭打在一起。世间最惨的，莫过于我这种天生不会打架的胖子，明明体重顶得上两个男主角，却连半点便宜也没占到。我的眼镜被他从车窗扔出去了，我顶着两只 500 度的近视眼像个瞎子一样下了车，而男主角的鼻梁也挂了彩，我们两个人都一战成名。

当时的我非常天真，想着不和男主角继续厮混也没事，反正顺着他这根藤条，我已经认识了其他的朋友，比如爸爸开了四五家加油站的某某、去当地任何一家网吧从不需要给钱的某某，从日常作业到考试答题卡随时开放外借的学霸某某……我和他们在一起玩就可以了嘛！

试过一番之后，我才被一个个响亮的耳光打回现实。没错，我和男主角是朋友的时候，这些人都是我的朋友，而当我和男主角不仅不是朋友，甚至还结下了梁子的时候，这些人都不再是我的朋友了。

是的，我就像做了一个很厉害的梦，梦里有一群很厉害的人，然后我小腿一抽搐，从梦里惊醒了，我还是原来那个掀不起任何风浪的我。

当我长大一些之后，我才明白：青少年时期的你我都渴望奇遇，一群半大不大的孩子，成长有早有晚，那些早一点儿的，比如本故事的男主角，就会身披一些我们没见过的光，于是我们便非常非常想靠近他，想从他身上触摸到一点点光，甚至狡猾地偷走一点点光，用以装饰自己灰溜溜的身体，总觉得一旦和他成为了亲密的朋友，自己就不再是落寞的大多数了。

回头想想那些当小跟班的岁月，憋屈吗？是有一些。但这些都只是一个过程，小半生里的某一段路，而已。只有等你跨过那些岁月后你才会知道，其实大多数人的人生中都没什么奇遇。

那些光，不过是很漂亮很漂亮的幻觉罢了。

喜欢一个人，就像喜欢富士山

词人林夕说过：

喜欢一个人就像喜欢富士山，

你可以看到它，但却不能搬走它。

有什么方法可以移动一座富士山呢？

回答是，自己走过去。

2015 年的 9 月，还在青岛上大学的我，独自去听了一场陈奕迅的演唱会，没能和缪小姐一起。

硬要说起来，"刚烈"这两个字，远不足以概括缪小姐深爱 K 先生的那些年。K 先生是一名体育特长生，三门功课总分不过百，他俩成了同桌，用班主任的话来总结就是完美，因为全班就他俩不学习，两颗老鼠屎中的任何一颗和别人坐在一起，都可能会把一锅粥给搞臭了。

我第一次知晓缪小姐爱 K 先生这件事，是在一次全校的突击大检查中。那是 2011 年，我还在上初中，智能机刚刚普及开来，同学们都沉迷手机且屡教不改，主任一怒之下让所有人把校服口袋掏出来，然后双手抬高，搜身。

缪小姐扭头看到 K 先生僵硬的脸，二话没说就吐出了嘴里的口香糖，用口香糖将 K 先生的手机粘在了她自己的椅子下面。

不巧的是，主任走过来的时候，手机"啪"地一声掉了下来，全班的每一个人都知道那部深蓝色烤漆的索尼手机是 K 先生的，但包括悠闲的 K 先生在内，没有一个人说话，而缪小姐一口咬定是她自己无视校规，甘愿接受任何处置。

主任望着她，说话的语气相当平缓："你在跟我开玩笑吗？你是全年级学习最差的女生，我已经懒得处置你了，我要见你的父母，如果两个大忙人一个都来不了，你就在升旗台站着，他们什么时候来了，你再回教室。"

一通电话打过去，缪小姐的父母抛出的又是那些老台词："她打了同学还是破坏了什么东西？我们照价赔，我和他爸都走不开，还要老师您多费心。"

下课铃一响，我就跑到升旗台上拽她："当什么梁山好汉，K 先生哪会领你的情！"

缪小姐白了我一眼，低头把玩脖子上的宝格丽项链，油盐不进："你是第一天认识我吗？我做事，从来都不图谁领情，只图我自己高兴。"

我还真没说错，放学时 K 先生骑着山地车从她身边经过，只抬了抬眼皮，然后皱着眉头说："大小姐，求你了，别再整这些了，我不喜欢你，那天就说了，你已经影响了我在学校的行情，懂点儿事也不难吧？"

　　缪小姐面不改色："我没吸你家的氧气，也没花你的钱，更没和任何人胡说我和你之间的关系，我连碰都没碰你一下，我哪里不懂事了？你快拿到体育特长保送的名额了，不能受处分，现在就滚。"

　　K 先生笑了笑，捏了捏她的下巴："嘴跟刀子似的，有点儿意思。"

　　望着 K 先生的背影消失在人海中，我才回过头问缪小姐："你跟他表白过了啊？其实不说破的话，至少还可以当朋友……"

　　她的刘海儿被风吹得很乱，看上去有些狼狈，但语气中却充斥着凛然的味道："喜欢一个人就得说，磨蹭什么？做不成朋友就算了啊，新朋友还是会有的，我还愁交不到朋友？"

　　那一刻我突然非常难过。

当晚，我骑着单车送脚麻的缪小姐回家，路灯照得我们一脸昏黄。她倒是看不出有多难过，一直用夹杂着南京话的蹩脚粤语哼唱着《富士山下》——"谁都只得那双手，靠拥抱亦难任你拥有，要拥有必先懂失去怎接受"。

我在前面笑："歌唱得挺明白，怎么落在自己身上就不开窍呢？"

她更嘚瑟："狗屁，写这歌的人不如我勇敢，听自己爱的人说两句难听话就小题大做，也太玻璃心了，只要K先生没结婚我就没输，总有一天，我要穿着婚纱和他一起在演唱会现场唱听陈奕迅这首歌。"

之后高考逼近，艺考的艺考，单招的单招，缪小姐的父母砸钱将她留在南京念一所三本大学，我没问过K先生去哪儿了，也不敢问。

几年里她只跟我提过一次K先生。那是一个深夜，她给我打电话，我能感到酒过三巡的她，在使劲儿地往肚子里咽苦水，但她仍是笑嘻嘻的："K是真有毅力啊，我怎么贴，他怎么推开，大概是被烦得太久了，推我时力气挺大，真疼。"

我眼眶一热，也不敢往深了问："现在晓得这条路难走了？"

她继续傻乐，隔着手机听筒，我仿佛能看到她嘴角扬起，露出一排皓齿的明艳模样："就因为这路难走，所以我才爱穿很贵的鞋子啊。"

但人生的急转弯，总是比小说电影来得更让人愕然。

我万万没想到，再一次听到缪小姐的音讯，是在高中班级的群里："你们晓得吗？就家里很有钱的那个缪小艺，在K结婚的那天在淘宝里买了木炭，在卧室里自杀了，她父母发现的时候，身体都冷了。她的家人追着K，希望K去看看她，但人家正办着喜宴呢，怎么会去？冷着脸把他们全赶出去了。"

听当天在场的人说，K先生牵着她新婚妻子的手，没发福，也没苍老，仍是当年塑胶跑道上的那个俊朗少年，听到缪小姐的名字时，他只是平静地说："挺遗憾的，不过关我什么事呢？我始终没招惹过她。"

也没错啊，自始至终，K先生都没招惹过缪小姐。

入了夏，我们一帮同学去山下的公墓看她。照片中的那个女孩，笑得既傲慢又春风得意，像是这世上就没她缪小艺抓不到的东西一样。那个万般硬气，不怕撞南墙的姑娘，怎么就成了一方小小的水泥台了呢？

我明白，谁都不该用"殉情"两个字总结她这小小的半生，就像当年她亲口告诉 K 先生，我喜欢你只图自己高兴，不求你干什么。她这一次也不是殉情，只是忽然发现自己不高兴了，不想往前走了。

不知是谁低声嘀咕了一句"真是千人千命，各有各的十字架要背，这才毕业多长时间啊，咱们班已经少了一个人了"。

我的身体猛地一震，轻轻地伸手去抚摸黑白照上她光洁的额头，想起那年她坐在自行车后座上眉飞色舞地说终有一日她要穿着婚纱和 K 先生在音乐会现场听陈奕迅唱《富士山下》的样子，不禁大哭。

演唱会落幕，我一个人从国信体育馆返回学校，在清冷的公交上我点开了一档视频节目，谈及写下《富士山下》时的心情，词人林夕说："喜欢一个人，就像喜欢富士山，你可以看到它，但你不能搬走它。

你有什么方法可以移动一座富士山呢？"

回答是：自己走过去。

但我也尊重，这世上会有一些人，比如缪小姐，他们穷其一生，花光所有力气，就是不肯走过去，宁愿短暂，也要留住他们骨子里的倔强，这当然不值得人人歌颂，却也是一种活法。无所谓平淡或壮烈，反正只如歌中所唱——"我们得到的都是侥幸，失去的都是人生啊"。

风景是我，游客是你

年纪小一些时，

常常妄自菲薄，

感情里你是游客，我是风景，

无法避免地被你经过，

再看了些湖光山色后才发觉，

我们没有高下之分，

你能抬脚离开、我也一样。

她在并不发达的工业城市长大，从小见惯了灰蒙蒙的天色，在上海生活是她在少女时期就定下的执拗理想，就连上海那漫长的黄梅天和湿冷的冬日，在她眼里都是稀有的情调。大学毕业去上海的时候，她没告诉家人，只在广告公司找了一份不上不下的工作，就带着行李箱飞过来了，一身的勇敢笨拙，无几人能敌。

见房屋中介的时候，她打扮得珠光宝气的，其实不过是仗着年轻貌美，才敢拿三流的仿货往身上堆砌，但唬住陌生人照样绰绰有余。人家问她对房子有什么心理要求，她说公寓不需要特别大，位置靠着外滩，起床能看到黄浦江就好。

中介没少从时髦单身的高薪水女郎口中听过类似的话，于是大概了解她的需求，当天就带她去看了一套落地窗正对着江景的房子。小区地处寸土寸金的地段，里面花园和游泳池一应俱全，楼上楼下住着的除了许多沪上有头脸的人，还有些大大小小的名人，诸如建筑大师的女儿、事业正处在上升期的模特、曾风光一时的运动员、台湾搬来的综艺明星之类的。

中介见她一脸喜色，迎上去问是否满意，她只顾点头。中介又问她的预算大概有多少，她天真地站在那间月租四万的公寓里，报出一个开玩笑似的价位："两千块左右吧。"

现在想来，那中介的确好脾气，不仅没有朝她骂出十三点之类的话来，还在无言以对之余，留了房主的电话给她，让她自己打过去问问。

她也就是这样见到他的。

他在苏州长大，虽然父母给他在上海买了这套房，但他还是会在周末时开车回苏州和朋友厮混。她的漂亮显然还是有杀伤力的，他一半动心，一半试探地说："不如你搬进来与我同住，以后的气氛如果对呢，我们可以在全凭自愿的情况下偶尔使用一下彼此，房租我收你两千块钱一个月，刚好我周末不在上海，你也好帮我看着房子。"

刚踏入社会的她，哪里听得了这样油气的话，当即恨不得拿起高仿包砸向他的太阳穴。但气归气，二十岁的女孩终究敌不过甜蜜的死缠烂打，没几个月，她就动了跟他谈恋爱的心思。

这样迂回试探了一两年之后，她到底还是死了心。隔着七八岁的年龄差，他已经到了拿感情调剂生活的阶段，当下有的吃，便当做保养品来服用，若是一言不合，关系崩掉了，他也饿不死。而她才刚刚扎进这繁华人间呀，抓住了几缕姑且称得上是浪漫的感觉，就会当做一生一世，年轻女子身上的那种类似于动物扑食的本能，竟然让见惯了世面的他有些害怕。

他的朋友们都对她没什么善意，甚至在罗斯福公馆门口用不大不小的声音说她每次进跑车的姿势难看得像是在捞鱼。让她觉得难过的是，他没有像电影里那样为了几句贬低她的话而大打出手，起初她还以为是他阅历深厚，有所顾忌，后来才慢慢察觉，他是真的不把这当一回事。

她和他分手了，离开上海的时候，和当初来上海时一样，一声不吭，连工作都尚未换妥，就带着箱子和未卜的命运去了深圳。她和他一同住在那栋起床就看得见江景的房子里的时候，他常常夜不归宿，电话也常常打不通，直到她像一个巨大的问号一样沉默地消失在他的生活里的时候，他才后知后觉地开始着急。那段时间，他沉迷金基德导演的《时间》中不可自拔，电影中河正宇被问到是否还在等女友回来的时候，是这样说——"有时等，也有时不"。

又过了两三年，她离开了广告业，转场来到北京工作，和刚毕业的我坐在同一间办公室里。她不再是那个二十出头、毛毛躁躁的女孩，她发现自己终于成了一个四平八稳的女人，在人群里不够疯狂，也不够娇艳，但好处也不是没有，比如香奈儿包包对她来说不再是高不可攀的东西，不同款式和材质的，凑在一起估摸着也能凑满一个柜子了。

在这个过程中，他们恢复了联系，不是因为她还眷恋，而是在夹杂着出差与加班夜的时间的冲刷之下，她当真不记得当初的气与恨了，索性就像个成年人一样，体面地谅解了生平第一次爱的人，但谅解到底不是复合，现在的她刚巧学会了他当年亲手拿捏的那一段不近不远的理智距离。他偶尔会因为生意来北京，她会穿得漂亮些，带着酒水赴约，但一旦她忙起来，他半个月打不通电话的情况也是常有的。

让我觉得难以置信的是，曾经摔着东西彻夜大吵的两个人，现在竟然可以像两个老去的中年男女一样，在睡觉前打很慢很冗长的语音电话。她在北京的家里抱着一本廖伟棠的《春盏》轻轻地读，而他躺在上海的家中昏昏沉沉地听，最后可能是某一边就这样先睡着了。

诸如此类的陪伴，数不胜数，但他们始终不恢复恋爱关系。

同事们一起喝酒的时候，她会忍不住跟我讲：年纪小一些时，我们都常常妄自菲薄地以为，感情这回事，真如杨千嬅在《稀客》里唱的那样——"游客是你，风景是我，无法避免被你经过"，等再看了一些湖光山色后才发觉，原来这些年我们互为彼此的游客与风景，没有主动和被动的高下之分，更不是只有你能抬脚离开，我也一样可以。

这些都是称得上
浪漫的片刻

生命的段落诸多，

只要是和有意思的人在一起，

就统统都是称得上浪漫的片刻。

他和她最早是在健身房门口遇见的。

健身房中的人总是不多，泳池的水换得勤，跑步机上方的网络电视里节目很全……这些细节当然也都令她欣喜，但她在办卡时认定这家健身房的原因其实是因为位置够好，就在她公司楼下，午餐时间都能来练一会儿。

那天她刚跳完一个小时的尊巴出来，站在前台还钥匙。而他刚刚打完拳，肌肉还充着血，他抹了抹额头上的汗，走过去开门见山地说："我在对面那栋写字楼上班，想加你微信。"

她也不扭捏，大方地笑了笑，默默地找出二维码给他扫。

两三天后又碰上，他得寸进尺地邀她去街对面的咖啡厅喝咖啡，她看时间尚来得及，于是点了点头。进了店里不等他开口问，她就点了一杯冰拿铁并且付了钱，然后坐下来悠哉地打量他。决定在一起的那天，他在微信上送了一张冰拿铁的卡券给她，跟她说："这杯是我一直想还你的，能让我认识你，已经是你给我的大面子，除了埋单我到底还能做什么呢？"

她想，这大抵是一个称得上浪漫的片刻吧。

有一次，他的公司要拍穿正装的公关照，平时只穿运动短裤和背心的他，紧张得像大考临近一样，翻出一堆衬衫来，问她穿哪件好。

她眼光老辣地说："你拿的这件不行，领子软，撸起袖子配牛仔裤穿还凑合，没法打领带，我来挑吧，你去把挂烫机搬出来。"

独居男人家里的挂烫机从来都只是个摆设，已经落满了灰。白色的水蒸气在房子里升腾起来，她低头默默地帮他熨衬衫，他显得很不好意思，一直问她累不累。他钻进厨房想给她泡茶，又发现水不热，于是开了火煮了茶，笨手笨脚地端出来，说："你快过来喝一口，歇歇。"

他想，这大抵是一个称得上浪漫的片刻吧。

春末夏初的晚上，他带她去一家江西菜馆吃了饭，江西菜很正宗很辣，就着冰的南昌啤酒，当时吃得甚是爽快，回了家他才察觉胃不舒服，一声不吭地躺进卧室里去了。

她蜷缩在客厅的沙发上看动画片，他时不时地喊她的名字，她不耐烦地关了电视，光着脚走进漆黑的卧室，爬到他身旁躺下，他把耳机分给她一只，然后慢吞吞地用一个星期没刮过胡子的下巴蹭她的脸。

她想，这大抵是一个称得上浪漫的片刻吧。

七月，她和家人出发去巴厘岛休年假之前，跟他去一家香港人开的鲍鱼炖鸡锅店吃饭。

他坐在桌边，一边给她调好蘸料，一边满脸焦虑地望着她，然后还贼喊捉贼地反问她："你老是看我干什么？"

她不甘示弱地揭穿他的瞎话："你不看我，怎么知道我在看你？"

他自知心虚，不接她的话茬，转而老实地抱怨道："你要去将近十天啊，我会想你的。"

她翻了个白眼，喝了一大口浓汤，安抚他："我们平时不也就一个星期见一两回。"

他忽然像个斤斤计较的小孩子似的："可是十天又不是一个星期。"

回去的路上，明明交通顺畅，他却故意把车开得很慢很慢，到了她家楼下才像是蓄谋已久似的，偏过头去反反复复地跟她接吻。

在黑暗里，她的手碰到他的背，忽然想到，算一算恋爱的日子，也没有太久，但不知不觉间，他和她之间已经积攒了很多很多个称得上浪漫的片刻了。